L'AMOUR PROSCRIT

PAR PAUL GARROS

E. BERNARD, IMPRIMEUR-ÉDITEUR, PARIS

L'Amour Proscrit

Par Paul de Garros

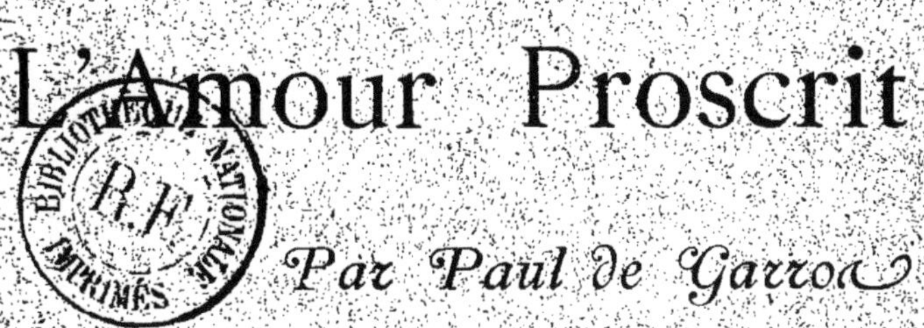

PARIS

E. BERNARD, IMPRIMEUR-ÉDITEUR

29, Quai des Grands-Augustins, 29

SUCCURSALES

1, Rue de Médicis   Galeries de l'Odéon, 8-9-11

L'Amour Proscrit

I

— ... Lucienne !
— Henry, je vous en prie !...
— Lucienne, je vous aime.
— Oui, je savais ce que vous alliez dire.
— Et cela vous importune de m'entendre répéter ce que vous savez si bien ?

La jeune fille s'accouda sur l'appui de la fenêtre, le front dans ses mains et, avec un soupir :

— Non, murmura-t-elle, cela me fait plaisir, au contraire, cela me touche profondément, mais...

— Mais ?...

— Mais à quoi bon favoriser un rêve qui ne doit pas se réaliser ?

— Oh !

— En entretenant une illusion chez vous, je ne ferais que rendre la déception plus cruelle... je vous l'ai déjà laissé entendre, mon pauvre ami, c'est impossible ; je ne puis pas... être votre femme.

Le jeune homme baissa les yeux, muet, étranglé par l'émotion.

Puis, après un instant, il fit un effort et répéta d'une voix brisée :

— Je m'étais refusé, jusqu'à présent, à admettre une pareille éventualité... je voulais espérer... encore !

— Non, il n'y a plus d'espoir.

— Pourtant, je comptais sur cette dernière démarche de ma mère. Je pensais que ses efforts, joints aux vôtres, parviendraient à fléchir l'opposition de vos parents.

— Rien ! Vous savez comment raisonne mon père. Il a fait sa fortune dans l'industrie : il applique en amour les théories qui lui ont réussi dans les affaires. Pour lui un mariage est une entreprise commerciale, une association de capitaux comme une autre. J'ai tant de dot : il faut que je trouve l'équivalent. Sans quoi, d'après lui, je serais malheureuse.

— Pouvais-je m'attendre à cela, après avoir été comblé par M. Chabran de toutes les prévenances ?

— Quant à ma mère, continua la jeune fille, c'est encore pis. Son opposition, pour être d'un autre ordre, n'en est peut-être que plus irréductible. Sans doute, elle voudrait, comme mon père, me marier richement ; mais ce qu'elle désire par dessus tout, c'est un gendre titré, portant un grand nom, ayant de hautes relations mondaines : à ce prix, elle consentirait à faire quelques sacrifices sur la fortune.

— Je comprends, soupira le jeune homme avec amertume ; comme je n'ai rien pour satisfaire les exigences pratiques de Monsieur, ou, à ce défaut, les visées ambitieuses de Mme Chabran, votre conduite à vous, Lucienne, était toute tracée : vous me rejetez...

— Oh ! comme vous êtes injuste, mon ami...

Il l'interrompit :

— On vous a dit tout ce que vous venez de me répéter ?

— Évidemment non ; si vous saviez dans quelle dépendance on nous tient, nous autres jeunes filles, dans quelle ignorance on nous laisse de tout ce qui se trame autour et à cause de nous, quel peu de cas on fait de nos préférences, de nos idées personnelles dans le choix qui doit cependant décider de notre avenir !

Non, tout ce que je sais, je l'ai deviné grâce à certaines allusions, à de vagues indiscrétions ou aux conversations sur le mariage en général dans lesquelles j'entends toujours affirmer les mêmes opinions.

— Ces opinions, vous les partagez, Lucienne, puisque...

La jeune fille l'arrêta d'un geste impératif.

— Votre reproche tombe mal, dit-elle. Vous oubliez que ma conduite, en ce moment, n'est pas précisément conforme aux usages reçus dans notre monde et serait sévèrement blâmée par ma famille, par tous, si...

— Bah ! fit-il, en essayant de sourire, au bal, tout est permis !

— Il est vrai, c'est la seule circonstance où les jeunes filles aient un peu d'indépendance. Toutefois, si nous sommes autorisées, dans ce cas exceptionnel, à une plus grande liberté d'allures, sous les yeux de nos parents, je crois que la mère la moins timorée jugerait extraordinaire un pareil tête-à-tête.

— Je vous remercie, dit le jeune homme avec ironie, de m'avoir accordé cette faveur.

— C'en est une, je vous le jure. Que quelqu'un m'aperçoive ici...

— Il ne viendra personne.

— Au contraire, ce petit salon est ordinairement très fréquenté ; et je m'étonne même que notre entretien n'ait pas été déjà interrompu.

Henry ne répondit pas ; et, étreignant de ses deux mains son front brûlant, il se pencha par la fenêtre grande ouverte, cherchant de l'air frais qui calmât sa fièvre.

La nuit était tiède et calme. Tout le long du cours du Chapeau-Rouge, des équipages étaient alignés dont les lanternes mouchetaient de lueurs troubles la brume légère qui rampait au ras du sol.

Au bout, par une échappée entre l'angle du cours

et la Bourse du commerce, on pouvait apercevoir la Garonne et suivre les eaux du fleuve moutonnant, noirâtres et monotones, sous un indécis rayon de lune.

— Il a de la chance pour son bal, M. le préfet, mâchonna Henry Dajincourt, après un long silence ; on ne se croirait vraiment pas au 27 décembre.

— Assurément, murmura la jeune fille distraite.

— D'ailleurs, poursuivit le jeune homme, Bordeaux est privilégiée cette année. Ce n'est pas en Lorraine qu'il fait cette température. J'y étais, il y a huit jours ; il gelait à pierre fendre... Ah ! comme j'étais heureux de revenir... à tous les points de vue, ajouta-t-il.

Lucienne n'eut pas l'air d'entendre.

Tandis qu'Henry demeurait accoudé sur l'appui de la fenêtre, laissant son regard errer dans la nuit, elle était restée en arrière, appuyée à l'encadrement du vitrail, la tête posée sur sa main, et ses yeux ne quittaient pas la silhouette du jeune homme élégamment pincée dans le dolman de garde général des forêts.

Une idée fixe l'obsédait.

Elle songeait que, pendant des mois, elle avait caressé le rêve d'épouser ce jeune homme, qui représentait si bien l'idéal créé par son imagination de jeune fille.

Et elle enrageait parce que... parce que... ce rêve était impossible à réaliser.

Tout à coup, Henry Dajincourt se retourna avec une brusquerie inaccoutumée chez lui et, frappant du pied :

— Mais, enfin, Lucienne, s'écria-t-il, je ne comprends pas, je ne peux pas comprendre ce que vous venez de me dire. C'est inouï, c'est incroyable, cet entêtement de vos parents !... Ont-ils seulement été consultés ?

— Je vous le jure.

— Oui, mais pas catégoriquement, peut-être...

J'irai, moi, élucider la question... moi-même, nous verrons bien.

— A quoi bon ? Vous me ferez beaucoup de peine.

— Ma mère a-t-elle fait, au moins, la démarche promise ? continua le jeune homme.

— Parfaitement, balbutia la jeune fille après une courte hésitation.

— Dans quels termes ?

— Je n'en sais rien.

— Evidemment, on ne vous l'a pas dit... Elle a dû la faire sans conviction, comme on se débarrasse d'une formalité ennuyeuse, d'une corvée ; car, elle aussi, pauvre mère, trouve que je serais mieux marié avec une autre, avec Mlle Josiane de Nestalas, peut-être... Elle ne tarit pas en éloges sur son compte.

— Peut-être, répéta Lucienne avec un soupir. Ma mère, à moi, ne manque bien pas une occasion de me vanter les mérites de M. Gaëtan de Nestalas.

— Oh ! celui-là, gronda Henry avec un geste de rage, celui-là, si je savais que ce fût un rival...

— Ah ! je vous assure, mon ami...

— Vous, Lucienne, me trahir pour cet homme ! Non, non, je perdrais la tête, je vous en prie, jurez-moi que vous n'appartiendrez jamais à ce... fat... jamais qu'à moi.

Ce ton de colère, cette flamme subitement allumée dans les yeux du garde général avaient bouleversé la jeune fille.

Elle demeura bouche close, tremblante, la gorge pleine de sanglots.

Henry s'aperçut aussitôt de l'effet qu'avaient produit ses paroles, et, se calmant immédiatement :

— Pardon, pardon, Lucienne, supplia-t-il en lui prenant les mains... Pardon, je vous ai fait du chagrin ; mais je suis fou, le désespoir m'égare, c'est si dur, tout cela, si triste !...

Elle baissa la tête sans répondre, incapable d'articuler un mot.

Lui non plus, n'eut pas la force de parler. Et il resta debout, devant elle, les mains dans les siennes, perdu dans une contemplation, dans une adoration muette et recueillie.

Au bout d'un instant, il murmura de nouveau :

— Lucienne...

Et, dans la façon dont ce nom était prononcé, il y avait une si ardente supplication que la jeune fille frissonna.

— Ah ! que je souffre ! fit-elle.

Et elle dégagea une de ses mains dont elle se cacha les yeux.

Henry crut qu'elle hésitait, que le terrible combat qui se livrait en elle, se trahissait par un cri de détresse, et qu'il pouvait profiter de cet instant de faiblesse.

— Vous voyez, Lucienne, vous vous faites violence à vous-même, reprit-il aussitôt. Allons, revenez à vos premiers sentiments... Dites-moi que c'était une épreuve, simplement, que votre cœur n'a pas changé; ou bien que, si quelques scrupules vous arrêtent en ce moment, ce n'est tout de même pas votre dernier mot... que vous serez ma femme... un jour !

La jeune fille demeura immobile et muette, agitée seulement, par instants, de secousses nerveuses qui révélaient, en effet, la lutte affreuse dans laquelle elle se débattait. A part cela, rien chez elle ne trahissait plus la vie ; on l'eût dite changée en statue, statue merveilleuse, d'ailleurs, et qu'Henry dévorait des yeux, ne se lassait pas d'admirer.

Elle était si jolie ainsi, drapée dans la mousseline légère qui laissait entrevoir un coin de la gorge et deviner le reste avec une perfide coquetterie, que le jeune homme fut mordu par une de ces tentations aiguës, impérieuses, contre lesquelles le frein de la raison est souvent impuissant.

Pourquoi ne saisirait-il pas, n'enlacerait-il pas de ses bras cette adorable créature? Pourquoi n'en ferait-il pas... sa femme brutalement. sauvagement... puisqu'on la lui refusait autrement?

Le temps de formuler ce désir : il avait réfléchi, il s'était ressaisi... Et ce fut d'un ton humble et suppliant qu'il répéta :

— Lucienne, dites-moi que ce n'est pas votre dernier mot ?

Elle secoua la tête tristement, et à demi-voix :

— Si, mon ami, soupira-t-elle avec des larmes dans la voix et dans les yeux, c'est mon dernier mot...

Alors, il eut un nouveau mouvement de révolte.

Il se recula, lui lança un regard mauvais, et il éclata :

— Mais, enfin, Lucienne, vous ne m'avez donc jamais aimé?

Elle ne répondit pas.

— Lorsqu'on aime, continua-t-il, les obstacles ne sont rien, on les méprise, on les renverse... Après tout, vous êtes majeure, vous pouvez vous passer du consentement de vos parents pour vous marier.

— Je respecte trop mes parents pour user contre eux du droit que me confère la loi.

Ce mot eût dû faire comprendre à Henry son injustice, le désarmer. Mais il était monté, il poursuivit :

— Votre respect filial, je l'admire... Mais ici, il dépasse la mesure; puisque, pour y rester fidèle, vous n'hésitez pas à me trahir...

Elle l'interrompit :

— Qui vous parle de trahison ?

— Parbleu, si vous ne m'épousez pas, ce n'est point pour rester vieille fille; c'est pour en épouser un autre...

— Vous vous trompez, fit-elle très doucement. Je ne me marierai pas.

Henry étouffa un éclat de rire ironique.

Puis, aussitôt, il regretta ce premier mouvement de scepticisme, dont la raison d'être n'était pas certaine. Lucienne pouvait être sincère... oui, évidemment, elle l'était; son accent l'indiquait. Puisqu'elle disait qu'elle ne se marierait pas, cela devait être vrai... Ainsi, elle ne serait pas à lui, mais elle ne serait à personne !... Et c'était déjà une consolation; la jalousie n'est-elle pas le principal élément des souffrances que provoquent les déceptions d'amour ?

Puis, ce vœu de célibat perpétuel prononcé par Lucienne, n'était-ce pas une manière de lui prouver que, forcée de renoncer à lui par obéissance, elle lui restait fidèle, quand même ?

L'amour-propre au moins était satisfait.

Cette pensée ramena un sourire sur les lèvres d'Henry. Si le présent lui échappait, l'avenir lui restait.

Alors, plus tranquille, il éprouva le besoin de taquiner la jeune fille :

— Vous dites cela maintenant, Lucienne, pour me faire plaisir. Mais, dans six mois, vous aurez changé de manière de voir... Vous auriez tort, d'ailleurs, de ne pas vous marier. Il est bien difficile à une femme de traverser la vie, seule. Puisque vous refusez mon bras, vous en accepterez un autre.

— Je ne refuse pas, balbutia-t-elle.

— Alors, quoi ? Je ne comprends plus... Vous serez donc ma femme.

La flamme qui avait brillé une seconde dans les yeux de la jeune fille s'éteignit subitement : elle retomba dans son mutisme.

Et, n'osant plus se regarder, ils demeurèrent une minute les yeux fixés à terre, immobiles, découragés.

Ce ne fut qu'une courte accalmie; déjà la tempête recommençait à gronder dans le cœur du garde général.

— Non, oh ! non, vous n'avez pas d'énergie ! s'écria-t-il, un obstacle imaginaire peut-être nous sépare ; vous ne tentez rien pour le briser... Car, au fond, je le sais, vous l'avez dit, vous ne me haïssez pas... je ne vous aurais pas déplu comme époux.

— Fi, Monsieur, quelle présomption !

— Hélas ! dit Henry en rougissant, beaucoup d'hommes sont présomptueux, comme beaucoup de femmes sont coquettes.

Et, poursuivant son idée :

— Mais vous n'êtes pas capable d'un acte de volonté, de la moindre velléité de volonté... J'espérais mieux de vous... Votre physionomie annonce du caractère, vous êtes d'une race qui passe pour en avoir ; Rien ! Je me suis trompé...

Vous n'avez même pas cette énergie des faibles : l'entêtement.

— Pourquoi affirmez-vous que je n'ai pas d'énergie ?

— Prouvez-la.

— Peut-être... un jour !

— Non, maintenant.

— Je ne puis pas, murmura Lucienne avec un geste de lassitude, qui semblait dire : « Laissez-moi, n'insistez pas, vous n'obtiendrez rien... et je suis à bout de forces ! »

Henry Dajincourt comprit.

— J'ai fini de vous importuner, répondit-il d'un ton dont l'émotion ne cachait pas l'amertume... Avant cet adieu que vous exigez, accordez-moi seulement la faveur d'un baiser, le premier et... le dernier.

Lucienne s'inclina, les yeux mi-clos d'un air résigné, tendant son front ou... sa joue.

Mais, brusquement, au moment où Henry approchait ses lèvres, elle se recula, avec un geste d'effroi, en étouffant un cri : « Josiane ! » Elle venait d'apercevoir, dans la glace de la fenêtre, sa rivale soulevant la portière qui fermait le petit salon.

Le garde général se retourna avec un mouvement de mauvaise humeur, mêlée d'un sentiment d'embarras et de honte — la honte de se trouver pris dans une attitude ridicule.

Néanmoins, il eut vite recouvré son sang-froid; et son habitude du monde lui fit trouver une de ces phrases banales qui dénouent une situation sans la sauver.

— Vous aussi, Mademoiselle, dit-il, vous venez chercher un peu d'air et de repos.

Josiane de Nestalas lui lança un petit sourire insolent; et avec son air et son ton de gavroche gouailleur, elle siffla :

— Oui, mais je vois que je vous dérange, je regrette... si j'avais su !... Pardon, je me retire.

— J'ai eu un éblouissement, interrompit Lucienne, en s'efforçant de paraître calme. M. Dajincourt, qui se trouvait près de moi, m'a offert son bras pour venir jusqu'à cette fenêtre. Mais c'est fini, nous rentrons avec vous dans les salons, si vous le permettez.

— Tiens, voilà qui n'est pas maladroit, ricana Josiane. Votre absence, remarquée sans nul doute, aurait pu faire jaser. En reparaissant à ma remorque vous éviterez les propos malveillants; je serai comme une sorte de pavillon neutre pour couvrir la... contrebande... Mes compliments, ce n'est pas bête du tout.

Mlle Chabran ne répondit pas. Bouleversée déjà par la scène précédente, ce persiflage achevait de la jeter dans un complet désarroi.

Henry, au contraire, se raidissait devant l'attaque. Ses lèvres frémissaient, prêtes à la riposte.

Mlle de Nestalas ne lui en laissa pas le temps.

— Oh! je veux bien vous servir de bouclier, continua-t-elle avec son sourire moqueur. Ça m'est égal, à moi, de me compromettre !... Une fois de plus ou de moins... Qu'est-ce que cela, d'abord, se compromettre ? Agir d'une façon que réprouvent, avec de grands gestes, un troupeau d'hypocrites qui eussent... agi de même, s'ils eussent été assurés de l'impunité du silence ?... Est-ce la peine, vraiment, de se tracasser pour si peu ? A propos, Monsieur Dajincourt, vos derniers tuyaux sur la course de demain !... Dites donc, il paraît que M. de la Fresnaye a attrapé, hier, au cercle, une de ces culottes !... Hein ! n'est-ce pas ? Lucienne, passons par le buffet, il n'y a personne en ce moment...

Elle parlait, parlait, sautant d'un sujet à l'autre et traitant tout avec cette désinvolture ironique de fille mal élevée qui prend l'impertinence et le sans-gêne pour du bon ton.

Comme ils rentraient dans le salon de bal, au milieu d'une valse, heureusement, et que Lucienne, avant de retourner s'asseoir, se dissimulait un instant parmi les groupes de danseurs, Josiane murmura à l'oreille d'Henry :

— Alors, ça ne marche pas, les amours ?

— Comment ?

— Ne faites donc pas l'étonné ! C'est le secret de polichinelle.

— Mais !...

— Le secret de polichinelle, vous dis-je. Tout le monde sait que vous désirez épouser Mlle Lucienne Chabran. La belle affaire ! Pourquoi faire de cela un mystère ?... D'ailleurs, c'est une idée excellente que vous avez là, mon cher Dajincourt, excellente... Elle est riche, très riche, cette bonne Lucienne !

— Peu m'importe !

— Ta ! ta ! ta ! En voilà un raisonnement d'emballé ! Très joli, l'emballement, mon bon, mais comme moyen d'existence, c'est déplorable. Puis, ça ne dure pas. De sorte que, tôt ou tard, quelquefois trop tard, on arrive à se faire du mariage l'idée pratique qui est son unique raison d'être. Non, croyez-moi, c'est très appréciable d'être riche...

Henry l'interrompit et prenant un ton résolu pour cacher son trouble :

— Vos déductions sont ingénieuses, Mademoiselle, dit-il, mais le point de départ...

— Est faux, peut-être ?

— Absolument. Pour une fois, votre perspicacité est en défaut.

— Je parierais bien que non, siffla Josiane les lèvres pincées. Au surplus, c'est nier l'évidence : tout le monde connaît votre intrigue avec Lucienne. Et voulez-vous que je vous dise toute ma pensée, Monsieur Dajincourt ? Eh bien ! s'il y a rupture aujourd'hui entre vous deux, ce n'est pas votre faute...

Sur ce mot blessant, elle s'éloigna en jetant au jeune homme un salut moitié amical, moitié narquois.

Puis, de loin, se ravisant, elle ajouta :

— N'oubliez pas que nous comptons sur vous pour jeudi... Grande chasse traditionnelle à Sabarèges... Vous ne pouvez manquer à cette réunion...

Henry s'inclina en signe d'acquiescement mais sans rien dire et avec, au fond du cœur, une arrière-pensée de rancune et de vengeance.

Aussitôt que Josiane eut disparu, le garde général tourna les talons, revint sur ses pas, cherchant un coin d'ombre pour s'isoler avec ses regrets, avec sa douleur.

Puis, tout à coup, l'idée lui étant venue de consulter sa montre :

— Une heure déjà ! s'écria-t-il. Ma mère qui m'avait prié de la reconduire vers minuit ! Je vais être grondé.

Et, aussitôt, il se mit à la recherche de Mme Dajincourt, se disant en lui-même : « Quand je serai à la maison, je ferai comme ma mère ; je me coucherai... A quoi bon prolonger cette corvée?... Puisque Lucienne est perdue pour moi, n'y pensons plus. »

II

Chez les êtres faibles, les actes de volonté sont comme les accès de fièvre chez les gens robustes : ils ne durent pas.

Au lieu d'être logique avec lui-même et de rester tranquillement chez lui, Henry, après avoir reconduit sa mère, revint à la Préfecture.

Après s'être juré de ne plus penser à Lucienne, il voulait la revoir, lui dire un dernier adieu, serrer encore une fois sa main.

Déception ! Lucienne était partie.

Il chercha Josiane. Josiane, c'était encore un peu de Lucienne ; elle lui parlerait d'elle, ne fût-ce que pour en dire du mal.

Josiane, également, avait disparu.

Seul, Gaëtan, le frère de Josiane, était encore là parmi les intrépides, résolus à tenir jusqu'au matin.

Gaëtan de Nestalas, haut comme une botte, noir et sec comme un pruneau, était doté d'une suffisance qui n'avait d'égale que la bêtise.

Profession : homme de sport et de cercle.

Les terres de Sabarèges ne donnant plus, depuis longtemps, que des revenus sinon problématiques du moins d'une maigreur qui n'eût pas permis de solder seulement le dixième des dépenses du jeune homme, il s'était réfugié dans cette situation de haute bohème, conforme à ses goûts, en rapport avec son intelligence et dont il vivait tant bien que mal, plutôt mal que bien — n'ayant jamais le sou.

Toutefois, en apparence, rien ne lui manquait.

Il était toujours vêtu à la dernière mode ; il avait la voiture du dernier modèle, le harnais le plus correct, le cheval le plus élégant.

Possédant, avec cela, l'art de se présenter et d'en imposer par un intarissable bagout, Gaëtan parvenait à faire une certaine figure dans le monde, en dépit d'un physique peu séduisant et des nombreuses tares morales dont on le savait affligé.

Henry, pour bien des raisons, n'avait que de l'aversion pour ce petit fat.

Néanmoins, il résolut de l'aborder et se laissa entraîner à danser, boire et cotillonner comme lui, tant il avait besoin de se lasser les nerfs, de se briser le corps, de s'étourdir !...

Le sage, doux et modéré garde général se fit, pour une fois, viveur, et s'en donna, à cœur joie, sembla-t-il, toute la nuit.

Enfin, il fallut se séparer. Il était sept heures et déjà le jour pointait.

Henry s'enveloppa dans sa pelisse et descendit le cours du Chapeau-Rouge.

Bien qu'éreinté, il se sentait dans un état de surexcitation trop violente pour aller se coucher de suite. Au lieu de rentrer, il préférait flâner une heure, dans cette brise fraîche qui venait du fleuve, le long de ces quais que l'aurore éveillait lentement pour le grand labeur du jour.

Arrivé au quai de la Douane, il s'arrêta, s'appuya au parapet de pierre et resta quelque temps à regarder couler l'eau.

Quelqu'un, derrière lui, l'interpellait :

— Surtout, n'oubliez pas ! à jeudi ! Nous comptons absolument sur vous... Rendez-vous à Sabarèges à neuf heures !

C'était Gaëtan qui passait en voiture, allant à la gare.

Leon Roze

De la main, Henry fit signe que c'était convenu, qu'il n'oublierait pas.

Nestalas avait fait arrêter son cheval. Il ajouta en riant :

— Que diable faites-vous donc là ?

— Rien... Je contemple la nature.

— Ah ! ah ! la nature... Très bien ! Très bien !... Moi, j'aime mieux le bac. Au revoir !

La voiture s'éloigna.

Dajincourt se replongeait dans sa méditation, lorsqu'un gémissement, tout près de lui, attira son attention.

N'ayant vu personne s'approcher, il eut d'abord un sursaut de surprise, presque de peur.

« Qu'était-ce ? Un enfant grondé ? Un vieillard abandonné ? Un amant trompé ? Un mendiant rebuté partout, à bout de forces, mourant de faim ? »

Il cherchait des yeux autour de lui. Et tout à coup il aperçut accroupie, écroulée plutôt près d'une des bornes de pierre, une femme, la tête entre ses mains, la poitrine secouée de gros sanglots.

Tout de suite, le jeune homme eut pitié.

— Qu'avez-vous ? demanda-t-il très doucement. Quel ennui ? Quel chagrin ? Si je puis vous être utile, ma pauvre... ma pauvre enfant !...

Les derniers mots se perdirent, à peine distincts. Brusquement, une défiance avait arrêté le premier élan de compassion.

Qu'était-ce, après tout, que cette femme ? Sans doute une de ces créatures effrontées, comme il en pullule dans tous les ports, à qui tous les moyens sont bons pour vous apitoyer, vous enjôler et qui ne vous attirent à l'écart, dans une ruelle sombre, que pour vous faire dévaliser, ou assassiner.

« Or, d'une femme seule, en ce lieu, à cette heure, que supposer, sinon ?... »

Henry acheva sa pensée avec un geste de dégoût, et déjà il se détournait pour passer outre.

Mais l'inconnue se leva ; et il demeura, malgré lui, retenu par une curiosité qui s'éveilla soudain dans son âme, une curiosité attendrie, inquiète, compatissante.

C'était une femme d'une vingtaine d'années environ au corps svelte, à la taille élégante, quoique un peu mièvre.

Le développement de la poitrine et des hanches, retardé, contrarié peut-être par la claustration, l'inactivité constantes de l'atelier, ne s'était pas fait avec la plénitude, la force d'expansion qu'il acquiert lorsque la vie s'écoule au grand soleil, dans l'action.

Le visage creusé, pâli, d'un ovale allongé, accusait le même caractère. La bouche fine était marquée d'un pli amer. Les yeux étaient bleu foncé, très doux, et de lourdes torsades de cheveux noirs tombaient, avec un charme de désordre exquis, sur une nuque blanche, merveilleusement dessinée.

Tout cela, c'était la belle, l'ardente jeunesse, mais une jeunesse qu'on sentait près de se flétrir, près de s'éteindre, avant d'être complètement épanouie, sous les angoisses du travail et de la misère.

Les défiances d'Henry s'étaient évanouies ; et une sympathie instinctive l'attirait vers cette jeune femme à la physionomie délicate, distinguée, dont l'attitude lasse, navrée, disait toutes les souffrances et qui semblait implorer timidement un mot de consolation — un peu de ce que savent donner les cœurs généreux et tendres !

— Qu'avez-vous, mademoiselle ? murmura-t-il. Vous êtes malheureuse ? Si je pouvais faire quelque chose pour vous ? Mais vous ne voudriez pas me laisser connaître votre peine... Je suis un inconnu... Je ne mérite pas de recevoir vos confidences... Cependant, ce hasard extraordinaire qui m'a mis sur votre chemin, n'est-ce pas la Providence ?... Si je pouvais !... Si vous vouliez !

Il s'arrêta, troublé par ses propres paroles, la gorge soudain serrée par une incompréhensible oppression.

Et la jeune femme le regardait avec un sourire au milieu de ses larmes, réconfortée par ce langage plein de douceur, attirée, elle aussi, par une invincible sympathie vers ce jeune homme inconnu dont la voix émue, le regard loyal lui inspiraient confiance.

—Vous semblez si malheureuse ! répéta-t-il... Si vous vouliez, je saurais, je crois, vous être utile...

Des sanglots secouaient encore la poitrine de la jeune femme, cette pauvre poitrine, étriquée sous la jaquette de drap propre et râpée.

Alors il s'approcha, la main tendue :

—Voyons, calmez-vous, supplia-t-il. Je sais bien qu'il y a parfois, dans la vie, des épreuves si pénibles qu'on ne peut les dominer sur-le-champ, que le désespoir vous écrase... Mais, peu à peu, le courage revient. Il en faut, du courage, à tout le monde, allez... !

—Ah ! monsieur, si vous connaissiez mon malheur ! murmura enfin l'inconnue... Sans doute, il en faut, du courage, tout le long de la vie ; j'en ai déjà eu beaucoup... Mais il y a des limites... Maintenant, je suis à bout de forces... Je me rends...

—Pauvre petite !... Et qu'est-ce qui a pu briser ainsi votre énergie ?... Je ne dois pas le savoir ?...

—A quoi bon vous importuner ?... Le mal est sans remède !...

—Oh !... En tout cas, un chagrin partagé est moins lourd à porter... Lorsqu'on a versé sa peine dans un cœur ami, on souffre moins... Ah ! si je pouvais toujours le faire, moi !...

Un soupir acheva sa phrase.

La jeune femme avait compris ; et tout de suite, oubliant sa propre infortune, elle eut pour Dajincourt un long regard de compassion.

Henry, encouragé, crut pouvoir insister :

— N'est-ce pas, vous avez confiance en moi, maintenant ? Allons, dites-moi ce qui vous afflige... Vous avez deviné que, moi non plus, je ne suis pas heureux : je comprendrai mieux...

Elle se taisait encore par timidité, par pudeur, non par manque de confiance.

Alors, le jeune homme se décida à interroger :

— Vous n'êtes pas seule au monde ?... Vous avez bien des parents, votre mère ?... un mari, peut-être ?

— Oh ! un mari ! fit-elle avec ironie. Qui donc voudrait m'épouser ?... Non, je ne suis pas mariée... Rien ne presse, d'ailleurs ; j'ai dix-neuf ans.

— Et vous habitez avec votre famille ? Vous ne travaillez pas ?

— Hélas ! que ne puis-je avoir toujours du travail ! Au moins, les pauvres petits êtres dont j'ai, seule, la charge aujourd'hui, ne manqueraient pas du nécessaire... Ah ! monsieur, c'est épouvantable... Quand mon père vivait, nous étions à l'aise, il travaillait à la verrerie et gagnait gros ; on me faisait alors élever comme une demoiselle. Puis, mon père est mort, il y a deux ans : nous restions seules, ma mère toujours souffrante, moi sans métier et trois petites sœurs trop jeunes pour travailler. C'était à moi qu'il incombait de subvenir à tout.

» Vous parliez de courage !... Oh ! j'en ai eu à ce moment là, je vous le jure. Je me suis mise à l'œuvre sans hésiter. On m'avait fait entrer dans une fabrique de cartonnage ; je m'y employais de mon mieux, mais, damé, les premiers temps, je ne rapportais pas gros. Aussi, mon père ayant laissé quelques économies, écornées, il est vrai, par six mois de maladie, c'est avec cela que nous parvînmes à joindre les deux bouts.

» Cette ressource épuisée, la gêne a commencé. Cependant, j'avais trouvé une place dans une maison de modes, je gagnais davantage, mais mes salaires n'augmentaient pas dans la proportion où augmentaient les charges de la maison. La gêne ne fit que grandir.

» Pour comble, ma mère qui, jusque-là, s'était occupée du ménage, tout en travaillant un peu de son côté, tomba tout à fait malade et se mit au lit. Elle y est depuis dix mois, et le médecin dit qu'elle ne se relèvera peut-être jamais. Alors, j'ai dû, seule, faire face à toutes les dépenses : des médicaments pour ma pauvre maman, du pain pour les petites... Ah ! ce n'était pas facile. Enfin jusqu'à présent, j'arrivais tant bien que mal. Mais voilà que, maintenant, notre dernière ressource s'en va : je n'ai plus de travail.

— Pauvre enfant !... Comment se fait-il ?...

— Ma mère ayant été plus souffrante, j'ai cru que mon devoir était de ne pas la quitter... Je suis donc restée huit jours absente de mon atelier. J'avais prévenu, bien entendu, et on avait accepté. Mais hier, quand j'ai voulu rentrer, on m'a remerciée. La patronne a prétexté que j'étais partie juste au plus fort de la saison, et que, pour suffire au surcroît de commandes, elle avait dû me remplacer... Je suis donc retournée chez moi, la mort dans l'âme ; et pour ne pas aggraver l'état de ma chère maman, je lui ai caché cette affreuse situation, j'ai inventé une histoire.

» Puis, ce matin, afin de ne pas éveiller ses soupçons, je suis sortie comme pour me rendre à l'atelier ; mais, sachant l'accueil qu'on m'y ferait, je n'ai pas osé aller jusque-là.

» Voilà pourquoi vous m'avez trouvée ici, désespérée. Je me demande même si j'aurai le courage de rentrer à la maison, tant je redoute de causer une révolution à ma chère malade.

Henry pressa longuement la main de la jeune fille sans pouvoir parler.

Enfin, il domina son émotion et murmura :

— Et, maintenant, je sais tout, toute votre histoire ?

Elle le regarda d'un air de reproche, comme si cette question renfermait un sous-entendu désobligeant.

Tout de suite, il se reprit :

— Oh ! pardon, vous avez mal interprété mes paroles...

— Oui, c'est tout, interrompit-elle, vous savez tout.

Il y eut un silence.

Henry était embarrassé et confus : embarrassé de ne pouvoir, dans son inexpérience de la vie, rien imaginer pour remédier à la situation atroce qu'on venait de lui dépeindre ; confus en face de cette infortune, d'avoir, auparavant, attaché tant d'importance à ses propres ennuis.

Alors, avec un mouvement d'impatience contre lui-même, pour échapper à l'ironique obsession de son impuissance, il coupa court :

— Je ne comprends pas ces choses-là, fit-il, je n'ai pas l'habitude, je suis pris au dépourvu... Pardonnez-moi, j'ai besoin de réfléchir... pour vous aider sérieusement... De l'argent ! vous n'en accepteriez pas, je ne veux pas vous en offrir... Non, c'est autre chose qu'il vous faut... je trouverai... Désormais je suis avec vous de tout cœur... Je m'emploierai dans la mesure de mes forces à vous être utile...

Il parlait par saccades, tantôt lentement, tantôt avec volubilité, d'un air à la fois ému et distrait, peut-être pour se donner le change à lui-même.

Et la jeune fille le regardait toujours, un peu étonnée, toute triste.

— Allons, du courage, reprit Henry ; pour le moment je ne peux que vous répéter cela et je vous réponds que vous sortirez promptement de cette détresse, mademoiselle... mademoiselle... comment ?

— Angèle ! soupira-t-elle bien bas.

— Angèle ?... Angèle ?...

— Angèle Mazerat, 23, quai de Bacalan.

Le garde général sortit de sa poche une carte de visite et la lui tendit :

— Voici mon nom, mon adresse, dit-il ; vous vous souviendrez que vous aurez toujours là un ami.

— Merci ! balbutia-t-elle.

Il s'éloigna rapidement, sans se retourner, vers la rue du Palais-Gallien, et en marchant, il mâchonnait dans sa barbe, une larme au bord des cils :

— Pauvre petite ! doit-elle souffrir ! Et qu'y aura-t-il pour elle, après un certain nombre d'efforts, courageux d'abord, puis toujours vains et par conséquent de moins en moins énergiques, qu'y aura-t-il... sinon les compromissions douloureuses, et la culbute finale ?

III

Têtue, froide et dévote aux vues étroites, vieillotte malgré un visage jeune et des cheveux noirs tirebouchonnant sur des traits menus, calmes et roses, Mme Dajincourt était le type de ces petites bourgeoises figées dans leur impassibilité, intolérantes pour les idées ou les fautes des autres et pétries de vanité.

La folie nobiliaire était chez elle, à l'état aigu.

N'avoir pas le moindre titre à arborer ! Pas même une modeste particule ! C'avait été la grande douleur de toute sa vie.

Elle en avait toujours voulu à son père, brave commandant du génie, de l'avoir fait naître Grémillat tout vulgairement, et à son mari de lui avoir imposé ce banal Dajincourt. Si bien que veuve au bout de cinq ans de mariage, elle avait songé à se remarier pour satisfaire sa marotte.

Mais les ducs, princes et marquis ayant tardé à se présenter, elle avait fini par rester... veuve. Et veuve avec un fils ! Quel malheur ! Si, au moins, ç'eût été une fille. Jolie, bien élevée, elle eût pu, avec un peu d'intrigue, la marier à quelque hobereau, insuffisamment fortuné pour s'adresser plus haut. Et cela lui eût offert la consolation d'être la belle-mère du baron de X... ou du comte de Z...

Mais un fils !

Avec le temps, Mme Dajincourt parvint cependant à se consoler. Ce fils, elle l'aimait passionnément. Elle voulut en faire quelqu'un, le lancer dans une carrière brillante.

Le choix de cette carrière ne fut pas difficile. Comment hésiter quand on habite Nancy, et que l'on a un parent, ancien inspecteur des Forêts — c'était un frère de M. Dajincourt père, fixé à Lunéville depuis sa retraite ?

Henry ne pouvait pas mieux faire que d'être forestier.

Et, comme il avait de l'intelligence, une application à l'étude assez soutenue, il le fut.

Quand il sortit de l'École, on l'envoya dans les Alpes, du côté de Briançon.

Cet exil dura deux ans. Ce fut un siècle pour Mme Dajincourt, qui n'avait jamais quitté son enfant.

Aussi, lorsque le garde général reçut l'avis de sa nomination à Lesparre, la mère déclara-t-elle nettement qu'elle le suivait.

Henry ne fit pas la moindre objection. Il avait habitué sa mère à une profonde déférence, à une obéissance absolue.

Tous les deux furent donc s'installer à Lesparre qui, comme chacun le sait, n'est pas l'idéal des villégiatures.

Dire que leur séjour dans cet aimable petit trou
fut des plus folâtres, serait exagéré. Un seul événe-
ment important marqua leur passage : la connais-
sance qu'ils y firent de la famille de Nestalas.

Sabarèges, la dernière propriété des Nestalas, si-
tuée sur les territoires de Verteuil et de Cissac, à une
petite distance de la Gironde, contenait plusieurs sa-
pinières, quelques boqueteaux joutant les bois de
l'Etat.

Les délimitations entre terres limitrophes sont
toujours des nids à discordes. Un élagage de têtards
et un tracé de rigoles ayant donné lieu à des contes-
tations, le gentilhomme et le garde général se trouvèrent en contact.

La courtoisie réciproque qu'ils apportèrent à ré-
gler gracieusement le différend, leur laissa la meilleure impression l'un de l'autre.

A la campagne où l'on court après les occasions
de se désennuyer, il n'en faut pas plus pour amener
des rapports suivis.

Mme Dajincourt, mise au courant des premières
entrevues, avait d'ailleurs poussé vigoureusement
dans ce sens ; car, tout de suite renseignée sur la
famille de Nestalas, elle avait flairé une bonne aubaine.

Des visites avaient donc été échangées, puis des
relations cordiales s'étaient établies.

Le comte Urbain de Nestalas, grand vieillard sec,
anguleux, à tournure militaire, d'allures un peu *Don
Quichotte*, était le type du vrai gentilhomme, toujours élégant, correct et galant homme.

Ses manières plaisaient à la petite bourgeoise qui
se trouvait extrêmement flattée d'être l'objet de
toutes ses aimables attentions.

Et les compliments qu'il lui débitait la grisaient.

Car elle était de bonne foi, la brave femme ! Et se
jugeant encore capable de faire des passions, sachant

M. de Nestalas veuf, elle crut, oui, elle crut sincèrement pendant quelque temps qu'elle avait enfin rencontré son idéal, cet idéal rêvé depuis quarante ans !

Hélas ! le vent glacial de la réflexion souffla bientôt sur son illusion et la dissipa : ce fut la revanche du bon sens.

Mais, déjà, Mme Dajincourt était consolée : un autre projet lui trottait par la tête.

Le comte avait une fille. Cette fille horriblement mal élevée, avait les allures d'un garçon plus que décidé, un minois chiffonné, le langage d'un gavroche débraillé. N'importe, elle avait fait la conquête de la vieille dame, dont l'imagination s'était mise aussitôt à échafauder des combinaisons.

Les de Nestalas étant ruinés, Josiane n'aurait point de dot ; elle ne pourrait donc pas se montrer difficile sur la fortune de son mari. Dès lors, pourquoi Henry ne l'épouserait-il pas ?

Cette entreprise, d'abord vague, se précisa bientôt, s'implanta, avec la force d'une obsession, dans l'esprit de l'entêtée Lorraine.

Urbain de Nestalas, bon homme, ayant moins de perspicacité et de volonté que de galanterie, n'était pas capable de se dépêtrer au milieu des pièges qu'on lui tendait.

Mme Dajincourt, après l'avoir admiré et quelque peu craint, commençait à le dominer. Elle s'aperçut de l'empire qu'elle prenait et résolut de poursuivre jusqu'au bout sa conquête. Ses flatteries, ses habiles manœuvres, ne tardèrent pas à recevoir leur récompense. En quelques mois, elle amena le vieux comte à partager ses vues, à soutenir ses projets.

Qu'il y eût de la part du gentilhomme beaucoup d'enthousiasme !

Non, il serait inexact de le prétendre. Mais, sachant les sacrifices que Josiane serait forcée de faire, il acceptait Henry, comme un pis aller, tout au moins.

Au surplus, tout portait à croire que cette agitation serait dépensée en pure perte. Les deux jeunes gens ayant toujours manifesté l'un pour l'autre la plus franche aversion, il semblait bien difficile que le désir de leurs parents se réalisât jamais.

Sur ces entrefaites, Henry quitta Lesparre pour être attaché à la conservation des forêts à Bordeaux. Ce contre-temps ne démonta pas Mme Dajincourt. Les Nestalas possédaient un pied-à-terre à Bordeaux, rue du Palais-Gallien. Elle choisit son appartement dans la même rue, presque en face.

Malgré cette louable ténacité, le succès de sa combinaison matrimoniale, jusqu'ici douteux, apparut comme de plus en plus impossible.

En effet, le jeune garde général, qui jusqu'alors avait été tenu en lisière, commença tout à coup à s'émanciper au contact de la grande ville.

Au lieu de passer tout son temps libre à la maison, en tête-à-tête avec sa mère, comme il avait dû le faire à Lesparre, il se mit à vivre au dehors, avec une hâte fébrile et non dissimulée, d'ailleurs, de rattraper le temps perdu.

Il se créa des relations, alla dans le monde, accepta des invitations à dîner et à danser, fréquenta assidûment le cercle; toutes choses qui le retenaient loin du logis, le soustrayaient forcément à l'influence de sa mère.

Mauvais présage pour les projets de la vieille dame !

Le hasard même s'en mêla et fut contre elle.

Dès leur arrivée à Bordeaux, l'oncle d'Henry, M. Albert Dajincourt avait écrit à son neveu d'aller voir un de ses anciens camarades de collège, Amédée Chabran, dont la famille serait heureuse de le recevoir.

Très loup à ce moment-là, Henry avait suivi la recommandation mais sans enthousiasme. Il se trouva qu'on l'accueillit de la façon la plus charmante. Il y retourna avec plaisir, puis avec empressement ; et, un jour, il s'aperçut que ses visites qui ne déplaisaient point, d'ailleurs, lui devenaient indispensables.

Désormais, Mme Dajincourt pouvait batailler. Elle perdrait son temps : le cœur de son fils était pris et pris là où elle n'aurait pas voulu qu'il le fût.

Au surplus, le jeune homme n'avait pas cherché à le cacher. Tout de suite, au contraire, il avait choisi très loyalement sa mère comme confidente, quoiqu'il prévît à peu près le mauvais accueil réservé à son aveu.

Par extraordinaire, la vieille dame ne se fâcha pas. Elle demanda seulement quelque temps pour réfléchir et prendre ses renseignements, avant de donner sa réponse.

Cette réponse, Henry l'attendait encore quatre mois après.

Et, pourtant, l'opinion de Mme Dajincourt était faite depuis longtemps.

Sans doute, cette demoiselle Lucienne Chabran, bien qu'elle eût comme père un simple industriel, ne lui avait pas semblé un parti trop ridicule pour son fils, car elle avait une grosse dot ; mais elle venait se jeter au travers de ses autres projets, et cela suffisait à la faire mal voir.

Dieu sait cependant si Lucienne s'était donné de la peine pour obtenir un résultat différent, et de combien de prévenances et de gentillesses elle avait entouré la vieille dame à chacune de leur rencontre !

N'importe ! La mauvaise impression était produite et les impressions chez Mme Dajincourt ne s'effaçaient pas rapidement.

Les choses en étaient là, quand fut annoncée pour le 27 décembre la soirée de la préfecture.

Henry qui espérait y voir Lucienne en tête-à-tête, voulut avoir auparavant une explication avec sa mère.

A la suite de cette explication qui avait paru la contrarier et l'embarrasser vivement, Mme Dajincourt avait tout de même promis de poser personnellement et nettement la question aux parents de la jeune fille, au lieu de les pressentir indirectement par une amie commune, comme elle l'avait fait ou avait prétendu le faire jusque-là.

Or, le résultat négatif de l'entrevue de Lucienne et du jeune homme était une preuve presque certaine que cette promesse n'avait pas été tenue.

Henry en conçut contre sa mère un vif ressentiment que la réflexion ne fit qu'aigrir. Et, dès leur première entrevue, le lendemain du bal, il ne put s'empêcher de le manifester.

— Allons, qu'a-t-il encore ? soupira la vieille dame, en faisant tous ses efforts pour ne pas comprendre la véritable cause de la mauvaise humeur de son fils.

Et, sans voir qu'elle allait ajouter à ses torts une maladresse, elle imagina une diversion :

— Tu vas jeudi à Sabarèges pour la chasse ?

Cette fois, Henry faillit éclater. Réprimant avec peine un geste d'impatience, il grommela :

— Oui, Gaëtan a tellement insisté !

— C'est tout naturel. Je me demande, d'ailleurs, pourquoi il a fallu te prier... Tu t'ennuies, on t'offre une distraction et tu hésites !...

— Oui, j'hésite, reprit le jeune homme, j'aurais dû en effet ne pas hésiter... et refuser.

— Mais enfin !...

— Oh ! de grâce !... murmura le garde général.

— Allons, soit...

Ils se séparèrent silencieusement : c'était l'enterrement d'une question qui leur brûlait les lèvres à tous les deux.

***

— ... Ah ! mon cher Dajincourt, comme vous êtes

aimable de n'avoir pas manqué à votre promesse !

C'était le comte de Nestalas, toujours gesticulant, qui souhaitait la bienvenue à Henry.

Le garde général sauta de la charrette-buggy qui l'avait amené de la gare et serra les mains du gentilhomme sans empressement excessif, mais sans effusion hypocrite.

Le vieillard était si bon homme, que l'on ne pouvait lui garder rancune de ses toquades. Des trois hôtes de Sabarèges, c'était assurément le seul sympathique.

— Et comment ça va, depuis l'autre jour ? demanda-t-il ?... Madame votre mère ?...

— Très bien, merci... Mademoiselle Josiane ?

— Parfaitement... La voici, d'ailleurs !

La jeune fille s'avançait, vêtue d'un costume de chasse en velours beige, guêtrée jusqu'aux genoux, un feutre noir cavalièrement campé sur ses lourdes torsades de cheveux châtain clair.

Et vraiment elle était presque jolie sous ce travesti qui seyait merveilleusement à son alerte petite personne.

Henry la regarda avec complaisance, et la bonne impression qu'il ressentit lui fit pardonner le petit mot aigre-doux par lequel elle l'accueillit.

Bientôt apparurent Gaëtan, deux de ses collègues de cercle, puis une autre chasseresse, Mlle Hélène de Richebonne, une amie de Josiane.

Et tout de suite, les présentations faites, la conversation devint générale et bruyante, arrachant Dajincourt, malgré lui, à la mauvaise humeur qu'il gardait contre lui-même pour avoir eu la faiblesse d'accepter cette invitation.

On était rentré au château. On attaqua le déjeuner, un déjeuner froid, de circonstance. La chasse, bien entendu, faisait tous les frais des discussions. Les avis étaient partagés, les opinions s'emballaient, s'égaraient.

C'était toujours le verbe haut de Josiane qui tranchait les différends. On sentait que cette petite femme volontaire était l'âme de tout, dirigeait tout dans cette maison.

— Écoutez-moi, mes chers amis, tout cela est parler pour ne rien dire, car il ne s'agit pas de courre un cerf... Cependant, je pense que nous nous amuserons... j'ai fait de mon mieux... nos quatre griffons sont étonnants... il y a du lièvre en masse et un chasser merveilleux, d'autant plus que nous pourrons suivre sur les bois de l'Etat... M. Dajincourt nous garantira de toutes tracasseries de la part des gardes, il n'est pas là pour rien...

— Merci bien, mademoiselle !

— Oh ! sans rancune !

L'épigramme, néanmoins, avait jeté un froid. Il y eut quelques secondes de silence. Puis la conversation reprit sur les courses prochaines, pour passer de là aux derniers potins de Lesparre et aboutir enfin à la politique.

Josiane, bien qu'elle n'eut pas eu encore le temps, ainsi qu'elle l'avoua, de lire ses journaux du matin, était au courant de tout, avait le mot sur tout, se prononçait sur toutes les questions, sans appel.

Après quelques mots sur la politique et le dernier scandale du jour, on parla mariage, et Josiane traita cette antique institution de vieille balançoire.

— Ma foi, mademoiselle, permettez-moi de vous approuver, murmura Henry timidement.

Josiane éclata de rire en l'entendant.

— Vous, Monsieur Dajincourt !... s'écria-t-elle... Est-ce une déclaration de principe ou une impression personnelle ?

— Oh ! répliqua le jeune garde général, notre philosophie ne fait pas tant de distinctions, en ce sens qu'elle n'émet guère de thèses générales, qui ne s'appliquent à des faits personnels.

Mlle de Nestalas se pinça les lèvres.

— Vous ne m'avez pas comprise, répondit-elle, ou je me suis mal exprimée. J'aurais dû dire : de quel droit parlez-vous ainsi ?

— Mais du droit que possède tout homme en âge...

— Justement, votre âge !...

— Vingt-sept ans, mademoiselle ! Il me semble que cela me donne, pour juger la question, autant de droits que :...

— Autant de droits que m'en donnent mes vingt-deux ans, n'est-ce pas ?... Eh bien, non, vous vous trompez... A mon avis, à notre avis, devrais-je dire — car la plupart des jeunes filles qui ont réfléchi raisonnent ainsi — les hommes ne peuvent avoir d'opinion... pratique sur le mariage que vers la cinquantaine, lorsque leur fortune réalisée ou de hautes situations acquises, leur permettent d'offrir à leur femme tout le luxe qui leur est dû.

« Le mariage conclu dans d'autres conditions, pour d'autres motifs, est un leurre et une stupidité.

« Aussi, toutes les jeunes filles, tant soit peu modernes, doivent se méfier des promenades au clair de lune, des soupirs, des effeuillages de marguerites au bras de petits cousins ou de petits amis, enfin de toutes ces niaiseries qui ne sont que de la sentimentalité bébête quand elles ne sont pas dangereuses. »

Les jeunes gens, à l'unisson, firent un geste de protestation. Et Gaëtan, qui se piquait de parisianisme, s'écria :

— Ah ! ma chère, tu me rappelles cette chanson de la précieuse divette si à la mode l'an dernier :

> Chez elles, chaqu' dimanche, jour heureux,
> Elles saluent de nouveaux messieurs, sérieux !

On rit longuement.

Léon Roze

Dajincourt, le nez dans son assiette, ne broncha pas.

Quant au comte de Nestalas, il n'avait pas risqué la moindre remontrance.

Il était trop occupé, d'ailleurs, près de sa voisine, la jolie Hélène de Richebonne, à laquelle il débitait des madrigaux avec toute l'exquise galanterie dont il avait le secret.

La brave gentilhomme datait de l'époque où l'on effeuillait encore des marguerites !

— Et voilà ! conclut Josiane en se levant ; la discussion est close, n'est-ce pas ? En chasse, maintenant !

Elle donna l'exemple, marchant en avant, entraînant les autres, et lorsqu'on fut au petit bois où devaient être découplés les chiens, elle dispersa son monde, posta les tireurs.

— Je vous recommande cet endroit-là, M. Dajincourt ! C'est la meilleure passée... Le lièvre vous filera dans les jambes, par exemple, si vous n'y prenez garde... Attention ! vous allez vous couvrir de gloire.

Mais le pauvre garde général, resté seul, s'abandonna bientôt à ses réflexions, au lieu de songer à la chasse.

Il était là depuis un quart d'heure à rêvasser, lorsqu'un bruit léger dans les feuilles mortes le fit tressaillir.

« ... Sacre bleu ! le lièvre !... Josiane m'avait bien prévenu... »

Henry, surpris, jette son coup de fusil au hasard.

« Manqué !... Imbécile ! Ce qu'on va me blaguer ! »

En effet, les autres chasseurs accourent et les quolibets vont leur train.

Pendant ce temps, le lièvre file, file toujours, suivi par les chiens.

Alors, on se disperse, chacun suivant son ardeur ou ses goûts. Et la journée s'écoule, une journée grise et brumeuse d'hiver, dont la monotonie n'est rompue que de loin en loin par l'émotion banale d'une trop facile tuerie.

Enfin, la nuit tombe, il est quatre heures, et l'on se hâte vers Sabarèges.

Six pièces au tableau : tout le monde sera content, chacun pourra avoir sa part de butin.

Puis, les derniers compliments échangés, on se sépare, après d'hypocrites protestations d'amitié et de reconnaissance, des promesses de revoir prochain.

... Deux heures plus tard, Henry rentrait rue du Palais-Gallien. Mme Dajincourt l'attendait avec impatience :

— Oh ! Oh ! voilà des victimes ! s'écria-t-elle en jetant les yeux sur le filet que son fils tenait à la main. Alors, vous avez été heureux ?... Et tout s'est bien passé ?...

— Mais oui, comme tu vois ! répondit laconiquement le garde général peu disposé aux confidences.

Ce fut tout ce que l'on put en tirer sur les impressions de la journée.

Seulement, en souhaitant le bonsoir à sa mère, Henry dit tout à coup :

— Je t'annonce, mère, que la vie ici m'étant insupportable, je vais demander mon changement...

Et sans attendre la réponse, il entra dans sa chambre.

Mme Dajincourt fut tellement interloquée, qu'elle demeura bouche bée sans pouvoir articuler un mot.

A son tour, elle se retira dans sa chambre, en proie à de sombres réflexions.

Et ce soir là, pour la première fois, elle eut le vague pressentiment qu'elle s'était peut-être trompée sur la manière dont elle prétendait travailler au bonheur de son fils.

IV

Henry Dajincourt sorti de la conservation des forêts à quatre heures, sous prétexte d'une expédition à faire sans retard aux bureaux des *Messageries maritimes*, passait l'œil vague, le regard sombre et las, au milieu de la cohue du port, sans que rien pût distraire son esprit de la préoccupation qui l'absorbait.

Quai de Bacalan... 13... 19... 23. Voilà !

Une maison propre, de construction simple, basse d'étages et percée de nombreuses ouvertures indiquant l'extrême morcellement des appartements, l'exiguité des pièces, comme dans toutes celles qui sont destinées par l'architecte à abriter des familles d'ouvriers.

Un long couloir, au milieu, divisant l'immeuble en deux corps de logis distincts, et conduisant, au fond, à un troisième pavillon, semblable aux deux premiers.

Une femme, un mioche sur le bras, traverse le couloir.

Henry l'interroge :

— Mme Mazerat, s'il vous plaît ?

— Oh ! la pauvre, elle va bien mal, monsieur.

— Où habite-t-elle ?

— Ah ! vous ne savez pas ?... Tenez, là-bas, au bout du couloir, la deuxième porte à gauche.

Henry remercie, salue, baisse la tête, accablé, et continue.

Mais il n'a pas fait dix pas qu'une main se pose sur son bras, familière et craintive à la fois, l'arrête :

— Je vous en prie, n'allez pas plus loin. Maman

ne sait pas, ne comprendrait pas, ça lui donnerait un coup. Puis, elle supposerait peut-être que... que vous êtes...

Angèle se tait, la gorge serrée, les yeux à terre.

De sa fenêtre qui donne en face du couloir, elle a vu venir de loin le garde général, et vite, vite, elle a mis son chapeau, jeté son fichu sur ses épaules, et elle a couru au-devant de lui pour l'empêcher d'entrer. Pourquoi? Elle ne sait pas. Ça été un mouvement instinctif... Elle a bien fait tout de même... Sa pauvre malade n'aurait pas compris... la présence de cet étranger l'aurait révolutionnée certainement, aurait sans doute éveillé chez elle un soupçon... Elle ne veut voir personne, d'ailleurs.

Docilement, Henry a tourné les talons immédiatement.

Mais tout bas, il murmure :

— Je voudrais vous parler, pourtant, Angèle, je voudrais... Venez avec moi, nous causerons en marchant.

La jeune fille devient toute rose de plaisir, puis, pâle d'émotion, et son cœur bat à coups précipités dans sa poitrine, dont les lignes délicates se dessinent sous le corsage de cotonnade légère que recouvre mal le fichu de laine.

« Mais elle n'est pas habillée ! Ses cheveux, ses beaux cheveux noirs sont en broussaille... Peut-elle sortir ainsi ? Bah ! tant pis !... »

Elle a pris son parti résolument, elle ne discute plus, elle suit le jeune homme, comme le fer suit l'aimant.

Mais tout à coup, dehors, elle est prise de peur. Elle songe que tous les locataires de la maison vont la voir, l'ont vue déjà, sortir avec ce monsieur, et elle soupire :

— Ah ! mon Dieu, que va-t-on dire ?... On s'imaginera que... Enfin, s'il fallait faire attention à tous les bavardages !...

Henry n'a rien répondu. D'un simple signe de tête, il approuve la dernière réflexion ; mais, au fond, il se morigène, car il a compris tout de suite son imprudence. Trop tard, malheureusement.

Alors il presse le pas, sans souffler mot, sans savoir où il va, et Angèle le suit toujours, timide, docile.

Quelques minutes se sont écoulées, ils sont loin maintenant, au delà du bassin à flot, à l'entrée de la rue de Lormont ; et le jeune homme se décide :

— Il y a juste un mois, aujourd'hui, Angèle, que je vous ai rencontrée dans des circonstances bien étranges. Pourquoi ne vous ai-je pas revue depuis ?

— Pourquoi?... Pourquoi?... N'était-ce pas vous?... Ne m'aviez-vous pas promis ?... Non, non, pardon, je déraisonne... C'était à moi d'aller vous voir, d'aller vous remercier de votre bonté. Vous ne m'avez pas oubliée, vous ! Vous n'avez pas oublié votre promesse de venir à mon aide. Oh! lorsque j'ai reçu votre carte avec ce mot si cordial, presque affectueux, votre carte et la lettre de recommandation pour M. Stirbel qui l'accompagnait, j'ai été bien heureuse, oui, bien heureuse... Puis, lorsque j'ai eu fait la démarche que vous me conseilliez, j'étais si confuse, je n'ai plus osé me présenter chez vous pour vous exprimer la gratitude que je vous devais... malgré mon échec... Pardonnez-moi !

— Vous avez échoué, ma pauvre petite amie ?... J'espérais déjà que votre entrée à l'usine Stirbel avait changé votre situation... Stirbel, un ami, m'avait promis formellement, absolument...

Angèle, toute rouge, tenait obstinément ses yeux baissés.

— Hélas ! soupira-t-elle, quand elle se fut remise, M. Stirbel est jeune, il est habitué à exiger de ses ouvrières certaines complaisances... Il a voulu... il m'a laissé entendre...Ah! monsieur, épargnez-moi !...

Les yeux du jeune homme flambèrent.

— Lui ! lui ! s'écria-t-il, il a osé !... Oh ! le misérable ! Ma pauvre petite Angèle... c'est affreux, n'est-ce pas ? Vous ne pouviez pas vous attendre... Et vous avez préféré... oui, vous avez préféré sacrifier votre pain ?...

Elle lui jeta, simplement, un long regard de reproche.

— Oui, oui, poursuivit-il, je perds la tête, bien entendu que vous avez refusé ! Ça ne se demande pas, ça !... Ah ! la brute, le coquin !... Pauvre petite Angèle !...

Et il parlait, parlait, d'un ton las, désolé, la bouche crispée amèrement, tenant dans sa main la main de la jeune fille qu'il pressait doucement.

Un grand frisson, brusquement le secoua.

— Voyons, voyons, suis-je éveillé ?... Non, je rêve, plutôt.

Il se pressa le front, se frotta les yeux. Mais il n'eut plus le courage de parler. Il songeait :

« Cette colère terrible en apprenant l'ignoble ultimatum de Stirbel !... Pourquoi ? La seule indignation de l'honnêteté froissée ? Non... Pourquoi cette jalousie mordant soudain son cœur ?... Pourquoi !... Est-ce que... Angèle ne lui serait pas indifférente ?... Oh !... »

... Après un long silence, il se décida à se tourner vers la jeune fille. Son triste et doux regard était attaché sur lui ; et il vit une larme, une minuscule gouttelette de cristal, trembler au bout de ses grands cils bruns.

L'émotion le gagnait, lui ferma la bouche d'abord, il dut attendre quelques secondes pour pouvoir ajouter :

— Voici la nuit close, Angèle, rentrons... Voulez-vous me reconduire un peu ?

Ils remontèrent le quai.

En route, il reprit :

— Alors, depuis cet échec, vous n'avez rien trouvé, pas la plus petite occupation ?... Mais, comment vivez-vous, mon Dieu ?

— Ah ! comment ?... D'aumônes ou d'expédients...

Il ne répondit pas, le cœur affreusement serré. Il cherchait, sans le découvrir, hélas ! un moyen de secourir la pauvre enfant sans la blesser.

Ils arrivèrent ainsi, toujours silencieux, jusqu'au milieu du quai des Chartrons.

Le jeune homme s'arrêta.

— Je vous quitte, Angèle, dit-il ; votre présence près de votre mère est utile, il ne faut pas l'en priver plus longtemps... Merci !... Toutefois, je ne veux pas que nous nous séparions sans que vous m'ayez promis une chose.

— Laquelle ?

— C'est d'accepter ce que je vous enverrai demain matin.

— Oh ! non, non, monsieur, je vous en supplie, rien, n'envoyez rien.

Il fit un geste de désappointement, mais insista de nouveau :

— Pas d'argent ! bien entendu, oui, je comprends votre délicatesse, pas d'argent ; mais du bouillon, des médicaments pour votre mère, de la viande pour elle et vos petites sœurs... et pour vous aussi, vous qui dépérissez d'anémie...

— Non, ce n'est pas la peine.

— Si, si, c'est convenu.

Et pour l'empêcher de s'en défendre, il brusqua la séparation.

— Allons, au revoir ! Retournez vite chez vous. Moi je m'arrête ici, j'ai quelque chose à prendre chez moi.

— Chez vous ?... Vous n'habitez donc pas rue du Palais-Gallien ?

— Ma mère et moi, nous habitons rue du Palais-Gallien. Moi, de plus, j'habite encore ici, sur le quai, deux petites chambres que j'ai louées pour venir prendre l'air de temps en temps.

La jeune fille poussa un soupir.

— Deux chambres que vous avez louées, surtout, ajouta-t-elle, pour les jours où vous avez besoin d'être loin des regards de votre mère !

Le garde général répliqua après une seconde d'hésitation :

— Vous êtes méchante, petite Angèle, et soupçonneuse... Eh bien, non, ce n'est pas ce que vous croyez. Cette garçonnière n'a pas été destinée à abriter... ce que vous laissez entendre. J'ai pris çà, il y a trois mois, parce que, réellement, j'avais besoin d'échapper par moments à l'ennuyeuse atmosphère de notre appartement de la rue du Palais-Gallien.

« Ma mère, en vieillissant, est devenue tracassière ; certaines divergences de vue sur bien des questions, en particulier sur celle de mon avenir, nous avaient rendu la vie commune très lourde. Je me suis procuré cette installation distincte pour éviter de trop fréquents froissements. Voilà la vérité, toute la vérité. »

— Ah ! fit simplement Angèle, en souriant.

— Au revoir ! répéta Henry, et à bientôt !

*
* *

— Comme tu rentres tard, aujourd'hui ! glapit Mme Dajincourt, en accourant au-devant de son fils, dont elle avait reconnu le pas dans le vestibule.

— Ah ! il n'est pas toujours facile...

— Mais qu'as-tu ? reprit la vieille dame. Te voilà une mine impossible !...

— J'ai... j'ai... j'ai fait des courses, des courses fatigantes, grommela le jeune homme d'un ton maussade.

La mère n'insista pas. Ils se mirent à table, silencieux.

Après le potage, Mme Dajincourt hasarda timidement :

— Tu ne devinerais jamais qui j'ai rencontré cet après-midi en visite chez les Lamirault?

— Ma foi, je ne chercherai même pas.

— Mme et Mlle Chabran. Charmante, très aimable, Mme Chabran ; c'est décidément une personne fort distinguée ; je regrette de n'avoir pas rendu nos relations plus intimes.

— Ah !... c'est encore temps, au fait !

— Quant à Mlle Chabran, elle a paru assez gênée par ma présence, poursuivit la vieille dame.

— Parbleu, on le serait à moins, répliqua sèchement le garde général.

Et il coupa court, en parlant d'autre chose.

Le dîner achevé, Henry sous prétexte de travailler se retira presque aussitôt dans sa chambre.

Trois heures après, il n'avait pas encore ouvert un livre ni pris la plume : il rêvait.

Or, plus il réfléchissait, plus il tendait à se convaincre que Lucienne et Josiane étaient presque autant l'une que l'autre deux petites pimbêches froidement égoïstes, et qu'Angèle, seule, avait beaucoup, beaucoup de cœur.

La belle avance !...

Ah ! si on savait combien les méditations, poussées trop loin, sont souvent dangereuses !

V

Les êtres qui aiment facilement, qui s'attachent vite, sont presque toujours des êtres faibles, impres-

sionnables, ardents, sans énergie ; ils n'éprouvent
fortement qu'une seule chose : le perpétuel besoin
de se confier à une amitié, de se sentir protégés par
une affection.

Pour eux, les moindres événements de la vie du
cœur prennent les proportions d'une épouvantable
révolution.

Et ce tourbillon qu'ils créent les emporte ; cette
tourmente qu'ils déchaînent les brise.

Henry Dajincourt, depuis deux mois, flottait ainsi
désemparé. Il le sentait ; mais son caractère, insuffisamment trempé, refusait de lutter, se déclarait impuissant, s'avouait vaincu d'avance.

Et, tous les jours l'enlisement marchait, le pous-
sant à sa perte.

Maintenant, il fuyait la société de ses amis ; la solitude l'attirait ; sa mélancolie lui faisait préférer à
toutes les distractions, les longues et désolantes
rêveries.

Par-dessus tout, la présence de sa mère lui était
insupportable. Et il passait des heures et des heures
dans son petit appartement du quai des Chartrons à
analyser ses douleurs, à aigrir son hypocondrie.

Ce jour-là, un dimanche, vers trois heures, Henry
sortait de chez lui pour se rendre au Jardin public
où un concert avait lieu, lorsqu'il se trouva tout à
coup nez à nez avec Mlle de Nestalas qui débouchait
de la rue Saint-Esprit.

— Ah ! Mademoiselle Josiane !... Comment allez-
vous ?... Monsieur votre père ?

— Bien, très bien.

— Ma mère, ce matin encore, s'inquiétait de ne
plus vous voir.

— Nous sommes si peu sortis depuis un mois !...
Mme Dajincourt se porte bien ?

— A peu près : elle se plaint sans cesse, mais
marche tout de même... Et Gaëtan, que devient-il

donc ? On ne l'aperçoit plus que de loin en loin.

— Gaëtan est très préoccupé, très sauvage ces temps-ci. Il a une idée en tête... Vous savez, mon frère, c'est une drôle de nature... quand une marotte le tracasse !

— Son mariage, peut-être ? murmura ironiquement le jeune homme.

— Oh ! je ne pense pas.

— Ma demande est sans doute indiscrète ?

— Non, non, mais je ne sais rien ; je soupçonne... Voilà tout.

— Et ce soupçon ?

— Peuh ! une femme, parbleu !... Du moins, c'est ce que j'ai cru comprendre... Ce doit être quelque fille du peuple, qu'il cherche à séduire !

— Endiablé, ce Gaëtan ! dit Henry... toujours à courir...

— Et vous, donc ! interrompit Josiane ; je ne pense pas que la visite que vous venez de faire dans cette maison...

— Une visite dans cette maison !... Mais je sors de chez moi, mademoiselle.

— Ah ! fort bien !... Une garçonnière, alors ?

— Appelez ça comme vous voudrez ! J'y suis tranquille : voilà l'essentiel. On a de l'air, de la vue...

— Bon, bon ! nous connaissons l'antienne... Mes compliments, monsieur Henry !

— Oh ! je vous jure !

— Ne jurez point. D'abord, je ne vous croirais pas... Ensuite je serais tentée d'aller jeter là-haut un coup d'œil : nous sommes curieuses, nous autres femmes, c'est là notre moindre défaut...

— Qu'à cela ne tienne, mademoiselle ! Je vous offre l'hospitalité, si vous voulez.

— Pourquoi pas ? Pensez-vous que la peur du qu'en dira-t-on m'empêcherait de monter ?

— Ah ! si je cherchais jamais à compromettre quelqu'un...

— Ce ne serait pas moi, voulez-vous dire ? acheva Josiane.

« Mais oui, au fait, voilà un excellent moyen de réparer votre premier échec. Tâchez d'amener ici Mlle Chabran ; on n'osera peut-être plus vous la refuser... C'est la carte forcée, je sais bien, mais on l'a vu pratiquer parfois avec succès.

Henry fit un geste de dégoût.

— Je n'emploie pas ces moyens-là, répliqua-t-il sèchement.

— A votre aise, mon cher monsieur ! poursuivit délibérément Josiane. Continuez donc à vous morfondre dans votre solitude et avec vos regrets amers... Seulement, ne vous plaignez plus !

Et avant que, figé par la surprise, il eût eu le temps de répondre, elle ajouta :

— Allons, au revoir ! A un de ces jours, n'est-ce pas ? Quand il vous plaira de pousser jusqu'à Sabarèges !...

Henry répéta : « Au revoir, mademoiselle » ; et s'éloigna triste, la démarche lasse, prenant machinalement, par habitude, le cours du pavé des Chartrons pour gagner le Jardin public.

« Continuez donc à vivre dans votre solitude et avec vos regrets amers ! »

Comme elle avait bien deviné, cette Josiane, le mal qui le rongeait !

Ignorante des ménagements, elle avait mis brutalement le doigt sur la plaie.

« Continuez donc à vivre dans votre solitude et avec vos regrets amers. »

Combien de fois n'avait-il pas maudit lui-même son impuissance à réagir contre un découragement avilissant ?

« Seulement, ne vous plaignez plus ! »

Comment ! Il n'aurait même plus le droit de pleurer ? Il n'aurait même plus le droit de crier ses rancœurs, ses désespoirs ?

Eh bien, non, maintenant, il ne se plaindrait plus... il ne voulait plus se plaindre... parce qu'il se révoltait, à la fin... oui, il se révoltait contre un état de choses qui menaçait d'ébranler sa raison, de détruire sa dignité.

Hé ! morbleu, allait-il donc, à vingt-sept ans, briser son avenir parce qu'une fille coquette s'était trouvée sur sa route ?... Lucienne, une coquette !... Ah !... tant pis !... Il en avait assez de ronger son frein, de refouler les élans de sa jeunesse, de comprimer son cœur... Vive la vie !... Désormais, il voulait vivre comme tout le monde, en sceptique, en indifférent... Sa jeunesse qui bouillonnait, il la dépenserait... Il aurait des maîtresses... Il trouverait d'autres affections qui lui redonneraient le goût de l'existence... Ah ! des affections... Pourquoi pas ? Est-ce donc chose si rare ? N'en avait-il pas une, à côté de lui, près d'éclore ? Tout ne l'engageait-il pas à accepter cette affection, cette consolation ?

La nature lui donnait l'exemple.

Partout, dans cette déjà tiède journée de février, c'était le printemps qui s'annonçait, la vie qui reprenait...

Tout parlait d'amour, d'union : les poursuites d'oiseaux dans les massifs, les agaceries des cygnes sur le petit lac, les chuchotements, les éclats de rire égrénés le long des allées par les couples de jeunes gens marchant la main dans la main.

Et lui, lui était seul au milieu de tous ces êtres qui s'aimaient.

Puis la musique joua ; et cela l'énerva, l'énerva jusqu'à en pleurer.

Alors, il partit sans attendre la fin du concert et marcha droit devant lui, sans savoir où...

Cinq heures et demie sonnèrent à l'église Saint-Louis.

Comme Henry tournait à l'angle de la rue Borie, il fut heurté par une jeune femme qui courait, tremblante, le regard effaré, avec tant de précipitation que son élan la jeta presque dans ses bras.

Tous les deux reculèrent, étourdis ; mais, aussitôt un cri s'échappait simultanément de leur bouche :

— Angèle !

— Monsieur Henry !

— Vous ici, ma chère petite ! Et qu'avez-vous à courir ainsi ?

— Ah ! monsieur Henry, c'est affreux ! si vous saviez !... Ce monsieur, là-bas, vous voyez, ce monsieur qui est arrêté maintenant près de la baraque des douaniers et qui regarde d'un autre côté d'un air indifférent !... Il m'obsède, il me poursuit depuis un quart d'heure.

Henry murmura tout bas :

— Ce monsieur, là-bas, ce petit monsieur sec et malingre... Oh ! mais je ne me trompe pas... c'est... Gaëtan !... Ah ! vraiment, continua-t-il tout haut, la rencontre est plaisante... Alors, alors... c'est de vous que sa sœur me parlait ?...

— De moi ! comment ?... Peut-être... je ne comprends pas...

— Pauvre Angèle !... Vous croyez que ce monsieur m'a vu vous retenir, vous parler ?

— Sûrement. Il n'a tourné le dos qu'à ce moment-là, en prenant immédiatement cet air détaché...

— Allons, s'il m'a reconnu, me voilà encore une belle affaire sur les bras ! soupira tout bas le jeune homme. Ah ! que faire, mon Dieu ?

Puis, sa résolution prise, il ajouta :

— Tenez, Angèle, venez, suivez-moi, glissez-vous derrière moi le long de ce mur... Dix mètres à faire

et vous serez chez moi. Là, vous serez à l'abri de
cet... individu.

— Oh ! non, oh ! non, monsieur Henry, je vais
rentrer, maman m'attend...

— Une minute seulement... le temps de dérouter
votre amoureux récalcitrant... La maison a deux
issues, vous ressortirez par derrière, et, pour rega-
gner le quai de Bacalan, vous prendrez des rues
parallèles... Tenez, voilà, nous y sommes.

— Oh ! pourquoi, monsieur Henry ?... Que me
faites-vous faire ?...

— Un étage à monter, simplement !... La première
porte à gauche !... Là, vous y êtes... Ici, plus rien à
craindre, au moins ! Regardez, les fenêtres donnent
sur le quai, vous pouvez voir sans être vue... Où
est-il, lui ?... Asseyez-vous, ma chère enfant... Ah !
maintenant, mademoiselle, contez-moi ce que vous
êtes devenue depuis quinze jours... Les affaires vont-
elles mieux ? Votre mère ? Vos petites sœurs ?

— C'est toujours à peu près la même chose. J'ai
travaillé un peu, cependant, ces jours derniers.
Merci bien, en tout cas, de ce que vous avez fait
pour nous cette semaine !

— Allons donc, il s'agit bien de cela ! Dites-moi
plutôt, voyons, quelle grosse émotion vous venez
d'avoir, quel danger vous avez couru... Il n'y a pas
d'indiscrétion ?

— Aucune.

— Bon... Ainsi, mademoiselle, continua Henry
en souriant, vous avez un amoureux, un amoureux
qui vous serre de près, à ce que je vois ?

— Je ne sais pas si j'ai un amoureux, mais...

— Mais vous, peut-être, vous êtes amoureuse ?

— Ça ne s'avoue guère, cette chose-là, fit-elle en
rougissant.

— Oh ! à moi !

— A vous, pas plus... moins qu'à tout autre.

Le jeune homme tressaillit ; au bout d'un instant seulement, il poursuivit :

— Et... l'heureux mortel, que votre cœur a distingué, connaît-il son bonheur ?

— Vous êtes bien curieux, aujourd'hui, monsieur Henry.. Non, je ne pense pas que cet... heureux mortel connaisse, soupçonne même...

Sans achever, elle se pelotonna, timide, les yeux mi-clos, au fond de la bergère sur laquelle Dajincourt l'avait fait asseoir.

Les femmes ont de telles facultés d'assimilation que cette jeune fille sortie du peuple, n'ayant qu'une instruction rudimentaire, ne fréquentant habituellement que dans des milieux vulgaires, ne se trouvait pas déplacée dans cette garçonnière élégante, dont une note bohème et artiste rehaussait le confortable.

Une certaine timidité, une timidité exquise accusait seule le trouble intime qui l'agitait, ajoutant d'ailleurs un charme de plus à la gracieuse simplicité de son attitude.

Et Henry la considérait sans parler, souriant, ravi tout d'un coup, un peu gêné toutefois.

Un frisson la secoua.

— Vous avez froid, dit-il ; voulez-vous que j'allume du feu ?

— Mais non, il fait très bon... Au surplus, je me sauve.

— Pas encore, voyons... Si, par hasard, on vous guettait sur le quai, ce serait à recommencer. Non, je vous tiens, je vous garde... Vous voulez bien que je sois votre protecteur contre... contre...?

Il se tut et elle n'osa pas répondre.

— Savez-vous, reprit-il, que vous êtes mignonne au possible avec ce petit chapeau noir qui va si bien à votre gentille frimousse triste et pâlote ? Hé ! hé ! je m'explique aisément le coup de foudre dont sont

Leon Roze

frappés ceux qui vous regardent, simplement, en passant dans la rue.

En même temps, il lui prit les mains, ses mains nues, abimées par les soins du ménage, mais fines tout de même et fuselées ; et doucement, lentement, s'inclinant vers elle il mit un baiser sur le bout de ses ongles.

— Oh ! monsieur Henry, s'écria-t-elle effarée, monsieur Henry !

Elle se leva pour se dégager, s'éloigner, partir.

— Mais non, mais non, voyons, ma chère petite, je ne veux pas vous manger. Vous savez bien que je suis votre ami, n'est-ce pas ?

— Oh ! oui, vous avez toujours été si généreux pour moi, pour nous...

— Par conséquent, vous me comprenez, ce que je voudrais ce serait de vous voir avec moi plus d'abandon... D'abord, j'éprouverais une véritable joie de constater qu'il y a de par le monde quelqu'un ayant confiance en moi... Puis, je crois que cette confiance ne serait pas trompée... J'ai un tel besoin, voyez-vous, Angèle, un tel besoin de sentir près du mien, en communion avec le mien, un cœur aimant, sincère, affectueux, avec lequel je puisse échanger de l'affection, du dévouement... Je ne sais pas si vous avez ressenti cela parfois, mais il y a des heures dans la vie où l'on est saisi comme par une rage de se donner, de partager son âme, de fondre tout son être dans un autre être qui serait bon, loyal, généreux... Je suis dans un de ces moments-là ; et il me semble, Angèle, que vous seriez si bien cet être idéal que j'ai rêvé... Ah ! non, non, je me trompe, ce n'est que l'illusion d'un odieux despotisme... Je vous demande de me prendre comme confident et c'est moi qui en cherche un ; je demande à votre cœur de se livrer et c'est pour donner au mien l'occasion de s'ouvrir... oh ! l'affreuse ironie, la lâcheté de l'égoïsme ! Ne m'en veuillez pas, je souffre tant... De quoi ? Je ne sais plus... De tout !

Henry s'était écroulé sur une chaise près de la jeune fille, las, haletant.

Pendant ce long monologue, Angèle n'avait pas risqué la moindre objection ; et elle demeurait encore muette, non pas d'indifférence, mais d'étonnement, d'émotion.

Il répéta :

— Vous me comprenez ?

Et elle murmura :

— Je crois que oui... Vous avez eu de cruelles déceptions... Votre cœur a saigné : vous désirez en trouver un autre pour le guérir.

— Et je suis sûr que le vôtre, Angèle, possède toutes les qualités nécessaires, fit Henry avec élan en reprenant les mains de la jeune fille qu'il baisa longuement.

La pauvre petite tremblait si fort qu'elle eut toutes les peines du monde à articuler bien bas :

— Non, vous vous trompez, monsieur Henry, je ne suis pas de votre rang, moi, je n'appartiens pas à votre monde ; tout me manque pour être celle que vous rêvez !

Et elle dit cela d'une voix si douce, si humble, si désolée, montrant combien elle était navrée de son impuissance à assurer le bonheur de son ami, qu'Henry fut pénétré d'un profond attendrissement ; ses paupières se mouillèrent ; la sympathie de la douleur engendrait l'amour avec la pitié.

Maintenant la jeune fille n'osait plus parler, la tête posée immobile, lasse, sur le dossier de la bergère.

Ses yeux seuls vivaient, ses grands yeux aux longs cils de soie qui se fixaient sur Henry avec cette expression d'attachement absolu qu'ont les yeux de chiens lorsqu'ils regardent leur maître.

Angèle était, sinon très jolie, du moins fort gentille et surtout séduisante grâce à ce charme de la jeunesse qui s'accuse dans la limpidité des yeux, dans la fraîcheur de la bouche, dans la finesse des traits, dans la délicatesse des lignes de la poitrine.

Henry, toujours muet, la contemplait, rêveur. Par instants, d'étranges frissons l'agitaient. Et, dans l'ombre qui s'épaississait, les minutes coulaient sans qu'ils songeassent, ni l'un ni l'autre, à rompre ce silence, ce silence lourd du poids de leurs peines tristement évoquées.

Par moments, de légères commotions secouaient leurs mains toujours unies ; c'était le passage, au contact de leurs doigts, de ce fluide indéfinissable qui jette invinciblement les amoureuses aux bras des amants.

Enfin l'heure vint...

Henry se leva, nerveux, un peu pâle, la démarche mal assurée comme celle d'un homme ivre. Il se pencha... ses lèvres se posèrent sur celles d'Angèle...

Surprise, apeurée, frémissante, la jeune fille n'eut pas la force de se détourner. Ses yeux se fermèrent ; et elle succomba, simplement, résignée, sans aucune des révoltes qui accompagnent toujours ce sacrifice, le plus grand qu'une femme puisse faire, si doux qu'il soit à son cœur.

... La raison reprit ses droits, trop tard, devant l'énormité du fait accompli. Avec la présence d'esprit, la pudeur d'Angèle se réveilla, et se cachant le visage dans les coussins du divan, elle fondit en larmes.

Henry, debout près de la table, tout penaud, la regardait de cet œil atone, hébété, des gens qui ne sont pas encore remis d'un choc trop violent, qui ne sont pas revenus d'une incompréhensible surprise. Car, c'était le mot : pour tous les deux ç'avait été une invraisemblable surprise.

Les insouciants, les égoïstes eussent conclu par une pirouette en murmurant : « Tant pis pour elle ! »

Henry, conscient des responsabilités encourues, des devoirs qu'elles lui imposaient, se morigénait et ne songeait pas à consoler Angèle.

La jeune fille s'était relevée chancelante, les yeux rouges, la poitrine gonflée de sanglots ; et, prenant ce mutisme pour de l'indifférence, elle voulait partir tout de suite, fuir n'importe où...

Alors, seulement, il comprit sa faute, et s'ingénia à la réparer par un surcroît de tendresse.

Pauvre petite Angèle ! Elle en avait si peu rencontré, tout le long de son existence, de cette tendresse qui réchauffe, qui console, qu'elle se sentit revivre sous les caresses du jeune homme. Et, lorsqu'il fallut se séparer, elle s'en alla heureuse, sans une arrière-pensée de rancune, avec le seul regret de quitter trop vite son ami.

VI

— Devine, Henry, devine la bonne surprise ! s'écria Mme Dajincourt en accourant vers son fils, une lettre à la main.

— Mais... comment veux-tu ?... Je ne sais pas, moi...

— Ton oncle Albert qui arrive ce soir ! Il a quitté Lunéville il y a deux jours ; il m'écrit de Paris, d'où il doit partir ce matin pour Bordeaux.

— En effet, voilà une excellente nouvelle, fit le jeune homme, je serai enchanté de le voir, ce cher oncle.

Puis, tout en prenant la lettre pour la parcourir, il poussa un soupir de soulagement :

« Fausse alerte ! Dieu merci ! »

Trois mois s'étaient écoulés depuis le jour où un incroyable concours de circonstances avait fait d'Angèle sa maîtresse, et, depuis ce temps, le malheureux vivait dans des transes continuelles, tremblant qu'une indiscrétion, une méchanceté ne révélassent la vérité à sa mère : le brave garçon prenait son rôle au sérieux.

D'ailleurs, connaissant mieux maintenant les trésors de tendresse et de délicatesse dont le cœur de la jeune fille était plein, il l'aimait tous les jours plus sincèrement, plus profondément. Et toutes ses préoccupations tendaient à ce qu'aucune contrariété ne l'atteignît à cause de la situation irrégulière qu'il lui avait créée.

Aussi son existence n'était-elle qu'une perpétuelle inquiétude. Un mot, une allusion, une interrogation brusque, une interruption de Mme Dajincourt bouleversaient le garde général. Et, toujours respectueux envers sa mère, bien qu'il eût secoué sa tutelle, il frémissait à la constante appréhension des tracas qui résulteraient, pour elle autant que pour Angèle, d'une intempestive révélation.

Quand il eut achevé sa lecture, le jeune homme répéta :

— Oui, ce brave oncle a eu décidément une excellente idée ; je n'ai pas grand travail en ce moment, je pourrai lui faire voir les environs. Par ce beau temps, ce sera charmant.

Mme Dajincourt ne répondit pas. Elle se contenta d'approuver d'un signe de tête, en souriant, d'un petit sourire discret, quelque peu narquois, qui semblait dire :

« N'aie pas peur, mon cher enfant, ton bon oncle Albert Dajincourt n'a pas eu, tout seul, l'idée de quitter sa retraite de Lunéville pour venir battre le pavé de Bordeaux. C'est moi, ta mère, qui lui ai soufflé ce projet, non sans peine d'ailleurs, parce que j'ai deviné le désarroi où tu t'agites depuis quelque temps, et que, craignant de n'avoir ni l'expérience ni l'autorité suffisantes pour te remettre dans la bonne voie, j'ai cru devoir appeler à mon aide le seul homme de la famille dans lequel tu aies confiance, le seul qui ait de l'action sur toi. »

En relevant les yeux, Henry vit ce sourire discrètement ironique flotter sur les lèvres de la vieille dame ; et, tout de suite, il eut une intuition de la vérité.

« Pauvre maman ! pensa-t-il, si tu te figures avoir eu là une inspiration géniale, tu te trompes... Enfin ! »

Et après un instant de silence, il reprit tout haut :

— Ne t'occupe pas de mon oncle, ce soir, n'est-ce pas ?

« Je me charge d'aller l'attendre à la gare. Le train n'arrive qu'à six heures, je serai libre à quatre heures et demie.

Le soir, comme il l'avait promis, Henry faisait les cent pas sous le hall de la Bastide lorsque le rapide de Paris stoppa. Parmi les voyageurs, peu nombreux, il n'eut pas de peine à trouver son oncle qui l'avait d'ailleurs reconnu également tout de suite.

Quatre ans s'étaient écoulés depuis leur dernière entrevue, car, à son dernier voyage en Lorraine, le garde général n'avait pas eu le temps de pousser jusqu'à Lunéville.

A première vue, M. Dajincourt n'avait pas changé. C'était toujours le grand vieillard, à la taille haute et droite, à la tournure militaire.

Toutefois, Henry s'étant approché pour aider son oncle à descendre, sentit, à la façon dont il s'appuyait sur son bras, qu'il ne faut pas toujours se fier aux apparences et que quatre années sont un poids considérable sur les épaules d'un homme qui en porte déjà soixante-huit.

— Ouf ! quel voyage ! grommela l'ancien inspecteur des forêts, comme s'il eût deviné la réflexion du jeune homme. Les jambes s'engourdissent à la longue... Avec cela, ces wagons sont d'une hauteur !

Puis, songeant aux épanchements nécessaires après une aussi longue séparation, il embrassa son neveu et dit :

— Eh bien ! mon ami, comment ça va ? Ta santé ? Ta carrière ?... Et ta mère ?

— Très bien !... Et vous, mon oncle ?... Mais d'ailleurs, la réponse est superflue. Je constate que vous rajeunissez de plus en plus...

— Moque-toi de moi, sans-cœur !... Je rajeunis avec des accès de goutte tous les six mois et des crises d'angine de poitrine dans l'intervalle... Jolie, la jeunesse !

— Allons, allons, je vois que vous n'avez pas perdu l'habitude de vous plaindre... Deux ou trois mois de séjour dans le midi vous remettront complètement... Savez-vous, mon oncle, que c'est bien gentil d'avoir pensé à nous, et que vous nous faites une surprise charmante ?

— Oui, oui, répliqua M. Dajincourt, les vieux ont de ces idées-là, des idées bizarres qui les prennent brusquement... Avant de passer dans l'autre monde, ils veulent revoir leur famille : on est si peu certain de la retrouver après !...

— Nous prenons une voiture, mon oncle ? demanda Henry.

— Ah ! mais non, par exemple, j'ai assez roulé depuis trois jours : je marche.

— C'est loin !

— Ça m'est égal.

— Bon, en ce cas, attendez-moi, je vais donner des ordres pour les bagages.

... Alors, doucement, après avoir traversé la Garonne, ils s'acheminèrent par les quais, les cours du Chapeau-Rouge et de l'Intendance, vers la rue du Palais-Gallien.

La conversation ne sortait plus des banalités ordinaires ; il semblait qu'une défiance réciproque paralysait toute velléité d'expansion.

Le dîner, de même, malgré les efforts d'amabilité de Mme Dajincourt, fut marqué d'une certaine gêne.

Puis, le soir, après une courte promenade aux Allées et un tour au cercle, l'ancien forestier prétexta une grande fatigue pour se retirer de bonne heure dans sa chambre.

— Il a vieilli, ton oncle, dit Mme Dajincourt à son fils, lorsque celui-ci vint lui souhaiter le bonsoir.

Et en elle-même, elle pensait : « Franchement, s'il met tous les jours la même ardeur à servir mes vues, ce n'était pas la peine qu'il se dérangeât. »

Le lendemain, ce fut bien pis : le maudit oncle ne comprenait pas ou n'avait pas du tout l'air de comprendre ce qu'on lui voulait.

Comme ils achevaient de déjeuner, Henry demanda :

— Eh bien ! mon oncle, par où commençons-nous la visite de Bordeaux ? J'ai l'autorisation en l'honneur de votre voyage — ce dont, entre parenthèses, il faudra bien que vous alliez remercier M. le conservateur — j'ai l'autorisation de disposer de ma journée. Donc, je suis à vos ordres.

— Mon ami, répondit M. Dajincourt, je serai enchanté que tu guides mes flâneries de touriste ; mais les amis avant tout, n'est-ce pas ? Ma première sortie, aujourd'hui, sera consacrée à mon vieux camarade Amédée Chabran.

La mère eut une grimace significative.

— Je sais que vous êtes en relations, continua l'ancien inspecteur.

— Oui, c'est même grâce à vous que nous le sommes.

— Ce sont d'excellentes gens, n'est-il pas vrai ? C'est-à-dire... Enfin, je ne connais pas la famille ; mais si elle a pris modèle sur son chef, sur ce brave Amédée...

Il s'arrêta en voyant la mine embarrassée de sa belle-sœur et de son neveu.

— Qu'est-ce qu'il y a ? Ça ne va pas ? Vous êtes en mauvais termes ?

— Non, non...

— Alors, tu viens avec moi, Henry ?

— Chez les Chabran ?

— Evidemment.

— C'est que, mon cher oncle... il y a... on pourrait croire... En un mot, je préférerais ne pas y aller.

— Ah ! fit le vieillard en tortillant nerveusement sa moustache blanche.

Puis, après avoir regardé son neveu en face, droit dans les yeux, il ajouta :

— C'est bien, j'irai seul.

Et ce fut tout ; il partit sans autre objection, de bonne heure, afin, expliqua-t-il, de ne pas manquer son ami, qui pouvait, plus tard, être appelé ailleurs par ses affaires.

C'était à deux pas, cours de Tourny, qu'habitait le grand industriel. Tombant chez lui à l'improviste, le déjeuner à peine fini, l'ancien inspecteur des forêts causa une révolution.

— Comment, c'est toi, mon cher Albert ! Mais d'où viens-tu ? d'où sors-tu ?... Pourquoi ne nous as-tu pas prévenus ?

— Je viens... je viens... je me donne de l'air, et je fais des surprises, ça ne me déplait pas.

— C'en est une, tu peux le croire, une fameuse... Que d'années, mon Dieu, depuis notre dernière rencontre ! Quinze ? dix-huit ? Je ne me rappelle seulement plus... Tu étais encore à Valence, ce me semble... Hé! mais, tu n'as pas rajeuni, mon vieux, sais-tu!

— Hélas! de qui pourrait-en dire le contraire?

— Très bien, très bien, toujours farceur!... Ah! au fait, pardon de ma distraction : que je te présente ma femme... ma fille!...

M. Dajincourt s'inclina avec un sourire et un mot aimables; mais son regard s'arrêta surtout sur Lucienne qui rougit légèrement.

— Alors, tu débarques de Lunéville? reprit M. Chabran.

— Je suis arrivé hier soir.

— Et, naturellement, tu es installé chez... chez ta belle-sœur.

— Oui.

Il y eut une minute de malaise.

L'industriel, reconnaissant sa maladresse, essayait de la réparer lorsqu'une visite inattendue vint apporter une utile diversion. Cette visite était celle de Mlle Josiane de Nestalas. Et c'était chose tellement rare, même depuis les vagues projets de mariage entre Gaëtan et Lucienne, que Mmes Chabran ne purent cacher un mouvement d'étonnement. Ce mouvement n'échappa pas à Josiane qui en saisit le sens et comprenant la nécessité d'une explication, prit position tout de suite.

— J'ai tenu, dit-elle, à vous remercier sans retard de votre envoi de rosiers et de bégonias...

— Oh! cela ne valait pas la peine de vous déranger, fit M. Chabran ; j'espère, mademoiselle, que nous ne devons pas à cette seule raison le plaisir de votre visite.

Et comme la réponse se faisait attendre, l'industriel ajouta :

— Dis-moi, Dajincourt, si tu n'y vois pas d'inconvénient, nous allons passer dans mon cabinet. Ces

dames ont sans doute de graves questions de chiffons
à traiter, nous les gênerions...

Au nom de Dajincourt, Josiane s'était retournée,
surprise.

— C'est vrai, reprit M. Chabran, je manque à tous
mes devoirs : M. Dajincourt que voici est l'oncle de
M. Henry Dajincourt que vous connaissez.

Nouvel échange de saluts froids, réservés.

Puis les deux groupes se séparèrent.

Pendant que les femmes, au salon, bavardaient,
les hommes gagnaient le cabinet de l'industriel et,
aussitôt, leur conversation prenait un tour plus familier.

— Eh bien, les affaires marchent toujours? Tu es
content?

— Mon Dieu, oui ; les boîtes de thon et de sardines se vendent admirablement.

— C'est parfait... tu vas songer, maintenant, à marier ta fille... Elle est charmante, d'ailleurs.

— Oui, nous verrons cela un de ces jours...

Il y eut un petit silence embarrassant.

Et, au bout d'un instant, changeant de conversation, Chabran reprit :

— J'espère que tu es pour quelque temps à Bordeaux et que nous allons nous voir souvent.

— Mais oui, sans doute, fit M. Dajincourt distrait,
les sourcils froncés... Si je suis à Bordeaux pour longtemps? Dame, je ne sais pas, ça dépendra... Tu
t'imagines peut-être que je suis venu ici pour me
promener?

— Je croyais...

— Non, mon ami, non... Je suis vieux — tu me
l'as dit — je suis souffrant, je n'aime pas à me déranger, je ne me serais pas mis en route sans une
raison sérieuse... Devine qui a eu l'idée de me faire
faire ce voyage et dans quel but.

— Tu m'intrigues !

— Eh bien, c'est tout simplement ma belle-sœur qui m'a écrit un jour, en me priant de venir lui prêter l'appui de mon amitié et de mon autorité afin de remettre son fils dans la voie où son amour maternel voudrait le faire entrer.

— Quelle voie?... je ne comprends pas.

— Jusqu'à présent, je ne comprends pas davantage. Mais il paraît qu'Henry traverse en ce moment une crise qui, si elle n'est pas enrayée, peut menacer son avenir. Je ne sais rien, remarque-le, je ne sais rien, je suppose... Or, j'ai toujours eu beaucoup d'affection pour mon neveu qui me le rend bien, d'ailleurs. C'est un très gentil garçon, intelligent, instruit, sérieux. Il a toujours eu confiance en moi ; j'ai conservé par conséquent sur lui une certaine influence dont je peux profiter, pour exercer une action utile sur sa conduite... Voilà pourquoi je n'ai pas hésité à partir.

— Je ne comprends toujours pas.

— C'est peut-être plus clair que tu ne le prétends, riposta M. Dajincourt en regardant son ami du coin de l'œil. Enfin, nous allons voir...

— Sans doute, tu auras tout le temps de te renseigner.

Après une minute de silence, l'ancien inspecteur se leva et se plantant devant M. Chabran :

— Ecoute, reprit-il, parlons franchement, je crois que tu peux m'être d'une grande utilité dans mon enquête.

— Moi !... mais je ne soupçonne même pas...

— Attends, laisse-moi tout dire... Tu ne trouveras pas mes questions indiscrètes?

— Tu plaisantes !... Quand on se connaît depuis près de soixante ans !

— Justement, c'est à ce titre... C'est au nom de notre vieille amitié que je me permets de prendre avec toi tant de liberté... J'ai une arrière-pensée que toi seul peux dissiper. Est-ce trop te demander?

— Mais pas du tout ! fit M. Chabran avec un imperceptible mouvement d'inquiétude.

— Voici, en deux mots, continua M. Dajincourt : lorsque mon neveu a été nommé à Bordeaux, je lui ai indiqué ta maison, ta famille, comme devant lui offrir un centre de relations agréables. D'autre part je t'écrivais, à toi, en te priant de faire bon accueil à Henry ; et tout de suite mes désirs se réalisaient : une grande intimité s'établissait entre vous. Quand je dis intimité, je n'exprime pas toute ma pensée ; car j'ai encore très présentes à la mémoire certaines lettres de mon neveu, pleines de réticences, d'aveux déguisés, de demi-confidences, montrant clairement que le brave garçon avait rapporté de ses fréquentes visites chez vous autre chose que... voyons, comment formuler ça !

— Inutile, j'ai compris, murmura l'industriel, sans pouvoir dissimuler un geste d'ennui.

— Donc, reprit l'ancien inspecteur, un point était acquis : ça ne marchait pas mal... Or, j'arrive, je demande à Henry s'il veut m'accompagner jusqu'ici. Embarras, hésitation, refus ! Je passe outre et je viens seul. Par hasard, le nom de mon neveu est prononcé. Aussitôt tu fais la grimace, ta femme t'imite, Mlle Lucienne se trouble... Eh bien ! veux-tu, peux-tu m'expliquer ce que tout cela signifie ?... Moi, j'ai tout bonnement l'air d'un imbécile au milieu de ces mystères.

— Ce que cela signifie ! répéta M. Chabran, de plus en plus contrarié ; mon Dieu, c'est bien simple... D'ailleurs, je n'ai rien à te cacher. La vérité, la voici : Dès les premiers temps de leur séjour à Bordeaux, nous eûmes, c'est vrai, avec Mme Dajincourt et son fils d'assez cordiales relations. Elles m'étaient particulièrement agréables et nous n'aurions jamais songé qu'à les développer, si, un beau jour, nous ne nous

étions aperçus que M. Henry était près de Lucienne
d'une assiduité trop... soutenue...

— Le grand malheur ! s'ils s'aimaient, ces jeunes
gens, c'était dans l'ordre...

— Oh ! s'aimer ! comme tu y vas !... Tout au plus,
aurait-on pu dire qu'ils ne se déplaisaient pas. Et je
parie bien qu'à l'heure actuelle ils ne pensent pas
plus l'un que l'autre à cette fantaisie...

— Tu me permettras d'en douter, interrompit doucement M. Dajincourt.

— Bref, poursuivit précipitamment M. Chabran,
ton neveu ne se contenta pas de faire discrètement
la cour à Lucienne. Croyant l'aimer, comme tu l'af-
firmes, il voulut préciser la situation : une de nos
amies qui est aussi la leur, fut chargée de nous pressentir.

— Eh bien ?

— Eh bien, évidemment, nous n'aurions pas mieux
demandé ; moi, surtout, j'étais très bien disposé en
souvenir de notre vieille amitié ; mais...

— Mais quoi ? Penses-tu que ta fille se mésallierait
en épousant mon neveu ?

— Que vas-tu chercher là, mon pauvre Albert ? Il
s'agit bien de mésalliance !... Non, mais vois-tu, par
le temps qui court, l'argent — tu ne te froisseras pas
de ma franchise ? — l'argent joue un si grand rôle !...

— Ça suffit, n'insiste pas, moi aussi j'ai compris,
interrompit sèchement M. Dajincourt. Tu as amassé
une grande fortune à vendre des boîtes de sardines,
ta fille sera richement dotée, et Henry ne gagne encore que dix-huit cents francs à administrer les bois
de l'Etat. C'est tout, n'est-ce pas ?

« Et voilà, à tes yeux, l'abîme infranchissable qui
sépare ces deux enfants !

— Tu exagères...

— Non, non, je n'exagère rien... Mais, d'abord,
mon cher, la situation d'Henry n'est pas immuable ;

elle s'améliorera, elle croîtra sinon grandement au
point de vue pécuniaire — car que sont, pour vous
autres industriels, quelques billets de cent francs de
plus ou de moins ? — du moins en dignité. Notre
profession est entourée d'assez de considération pour
qu'on lui fasse des sacrifices.

— Sans doute, sans doute, approuvait M. Chabran
sans oser lever les yeux.

— Puis, continua M. Dajincourt en s'animant, mon
neveu n'est pas encore sur la paille, que je sache.
Outre ses appointements, il a quelques revenus. De
plus, il sera l'unique héritier de certain vieil oncle
qui n'en a pas pour longtemps maintenant. Or, ce
vieil oncle, sans vendre de boîtes de conserves, s'est
constitué tout de même une dizaine de mille francs
de rente.

— Comment ! Tu as pu amasser dix mille francs
de rente ? fit l'industriel avec un étonnement admi-
ratif qui indiquait combien son ami venait brusquement de monter dans son estime.

— Oui, répéta bonnement M. Dajincourt, et c'est
tout pour Henry.

— Tu as beaucoup de mérite, insista M. Chabran
qui n'eût pas été fâché de faire dévier la conversation.

Mais l'ancien forestier ne paraissait pas décidé à
lâcher prise.

— En définitive, continua-t-il, voilà bien du bruit
pour rien et bien des obstacles imaginaires dressés
comme à plaisir pour empêcher deux jeunes gens
qui s'aiment d'être heureux.

— Enfin, riposta M. Chabran avec impatience, je
ne vois pas où tu prends cet amour... D'ailleurs, si
nous avons opposé un refus à la demande de M. Henry
c'est que nous avions d'autres raisons et fort sérieuses. En un mot, puisque j'ai promis de tout dire,
nous ne pouvions pas encourager concurremment deux

prétendants à la main de Lucienne. Or depuis longtemps, nous songions à un jeune châtelain des environs de Lesparre, tiens justement le frère de cette
amie de ma fille que tu viens de voir...

— Il est riche, alors, ce monsieur ? interrogea ironiquement M. Dajincourt.

— Non, répondit ingénuement l'industriel, mais il
se nomme Gaëtan de Nestalas !

— A la bonne heure, voilà qui est franc ! Ah !
mon pauvre Amédée, tu es encore sensible à ces
niaiseries-là ?

M. Chabran regarda son ami d'un air penaud. Il
se taisait, cherchant un moyen de sortir dignement
d'une discussion où il avait fait jusque-là piteuse
figure.

Mais plus il réfléchissait, moins il trouvait et plus
son embarras augmentait.

Alors, à la fin, désorienté, il avoua naïvement :

— Ah ! et puis j'en ai assez de cette situation, ce
n'est pas moi qui suis responsable !... C'est ma femme
qui a tout fait ! elle avait son Gaëtan en tête... Moi,
j'ai accepté... pour avoir la paix.

M. Dajincourt se leva, un sourire dédaigneux sur
les lèvres :

— Décidément, le célibat a du bon, fit-il en redressant sa moustache blanche avec un petit geste con-
quérant... Et nous cherchons à marier les autres !
Quelle amère ironie !

— Chut ! ces dames ! murmura M. Chabran en
mettant un doigt sur sa bouche... Tiens, non, c'est
Valeyrac !

Il fit les présentations :

— M. Emmanuel Valeyrac, mon cousin ! M. Albert
Dajincourt, un ami d'enfance !

Emmanuel Valeyrac, parent éloigné d'Amédée,
était un pauvre diable resté veuf, sans enfant, à cin-
quante ans, et sans un sou, après avoir eu une for-

lune magnifique qu'il avait dissipée dans toutes sortes de folies.

Recueilli chez les Chabran, il y jouissait de la vie large, de tout le luxe de la maison, ce qui lui laissait l'illusion de n'avoir rien perdu. De plus, liberté absolue et pas de responsabilité, ce qui convenait admirablement à son caractère.

Très brave homme, d'ailleurs, il n'avait qu'une toquade, c'était de s'imaginer, chaque matin, qu'il avait enfin découvert, dans une niaiserie quelconque, un moyen infaillible de refaire fortune ; et c'était même cette conviction qui lui permettait d'accepter l'hospitalité de sa famille, tant il était persuadé qu'il pourrait un jour l'indemniser de tous ses bienfaits.

Pourvu qu'on flattât cette manie, il était heureux et vivait satisfait.

— Eh bien ! quoi de neuf, mon cher Emmanuel ? demanda l'industriel. Tu as fait ta petite promenade ? Tu as flâné chez les bouquinistes ? Es-tu sur la trace de quelque nouvelle mine d'or ? Tu sais, Dajincourt, c'est une spécialité de mon cousin.

— Mais, sourit Albert, c'est une spécialité dont nous voudrions tous avoir le monopole.

Valeyrac, sans répondre, s'agitait, grimaçait, faisait des gestes désespérés.

— Voyons, quoi ? Qu'y a-t-il ? reprit M. Chabran.

— C'est que je me demande si je dois, si je puis...

— Oui, oui, parle sans crainte, Dajincourt n'est pas un étranger ; il est de la famille... De quoi s'agit-il ?

— D'abord, il faut que je m'accuse, j'ai commis une grosse indiscrétion en écoutant la conversation confidentielle de ces demoiselles... Mais, dame, ça a été involontaire, j'ai été surpris plus que je n'ai cherché à surprendre ; et lorsque j'ai saisi le sujet scabreux de l'entretien, je suis venu...

— Que diable nous racontes-tu là ? interrompit Amédée. Tu es fou... Une conversation confidentielle !... un entretien scabreux entre ces demoiselles !... Qu'est-ce que tout cela signifie ?

— Non, non, je ne suis pas fou, insista Valeyrac. J'étais là, à côté, dans la bibliothèque entre ton cabinet et la salle de billard, lorsque Mlle de Nestalas et Lucienne y sont entrées... Mais, d'ailleurs, il est facile de vérifier, j'aime mieux cela.

— C'est indigne d'écouter aux portes, remarqua M. Chabran.

M. Dajincourt approuva.

Tout de même, il pouvait être utile de se renseigner. L'émotion de Valeyrac paraissait si profonde, si sincère, que, peut-être, il y avait, pour l'autorité du père un devoir à remplir.

Alors, l'industriel ouvrit la porte de la bibliothèque et les trois hommes s'approchèrent à pas de loups jusqu'à la porte opposée donnant accès dans la salle de billard...

— ... C'est affreux, c'est abominable, une pareille accusation, répétait Lucienne, avec un ton de révolte indignée... Tant que vous ne m'apporterez pas des preuves indéniables de ce que vous avancez, je refuse d'y croire.

— Enfin, ma chère amie, c'est de l'enfantillage, reprenait plus bas Josiane. Des preuves de ce que j'avance, on n'en aura jamais, à moins que vous n'espionniez ou ne fassiez espionner M. Henry. Si encore je n'appuyais mon assertion que sur un seul témoignage, celui de Gaëtan, qui a pourtant vu distinctement cette fille se glisser chez M. Dajincourt, vous pourriez taxer ce témoignange de partialité, le révoquer en doute. Mais ce que je viens de vous dire, c'est le secret de Polichinelle. Tout Bordeaux connaît la liaison de M. Henry et de cette petite... On

prononce même son nom... C'est une nommée Angèle Mazerat, je crois... Vous voyez !

— Eh bien, si tout Bordeaux connaît cette horreur,
moi, je l'ignorais, riposta sèchement Lucienne ; et je
voudrais, je devrais l'ignorer encore. Ces choses-là
ne regardent pas les jeunes filles ; et si vous croyez,
vous, pouvoir vous en occuper, moi j'avoue que ma
mère ne m'a jamais permis de mettre le nez dans de
telles turpitudes...

— L'histoire court les salons, ma chère. M. Dajincourt est la risée de toute la ville, au point que sa situation paraît déjà fort compromise.

— Je vous répète que, si l'histoire court les salons,
elle n'était pas encore parvenue jusqu'à mes oreilles ;
et vous le pensiez bien, puisque vous avez jugé utile
de me l'apprendre.

— J'avais la conscience de vous rendre service...

— Comment cela ? Que m'importent, en somme,
les faits et gestes de M. Dajincourt ?

— Mille pardons de m'être trompée... Il me semblait que les faits et gestes de M. Dajincourt pouvaient
encore vous intéresser.

Il y eut un silence. Puis, tout à coup, Lucienne
s'écria avec un accent de rage impuissante, désespérée :

— Non, non, ce n'est pas possible, cette... trahison.

— Tiens, tiens, fit tranquillement Josiane, voilà le
cri du cœur qui montre toute votre soi-disant indifférence. J'avais donc raison, ma chère Lucienne, de
supposer que ma confidence aurait de l'intérêt pour
vous.

M. Chabran, derrière la porte, jeta un regard sombre sur ses deux complices en indiscrétion. Très
rouge, le sang aux pommettes, gonflé d'une violente
irritation, l'industriel était sur le point d'éclater,
d'entrer dans la salle à l'improviste, de provoquer un
coup de théâtre.

Dajincourt l'avait deviné : il le retint.

— Pas d'esclandre, surtout ! souffla-t-il en lui posant la main sur le bras pour l'entraîner. Il suffira de faire un peu de bruit dans la pièce voisine ; ces demoiselles l'entendront, s'apercevront de leur imprudence et se sépareront.

Malgré toute son indignation, Chabran se rendit à la sagesse de ce conseil, et tous les trois regagnèrent le cabinet de travail de l'industriel, en laissant la porte ouverte, de façon à ce que le bruit de leurs voix parvînt jusqu'à la salle de billard.

Quelques minutes plus tard, M. Dajincourt qui se sentait mal à l'aise, prit congé.

— Au revoir, mon cher, fit-il en serrant avec effusion les mains de son ami ; et je t'en prie, pas de scènes, pas de tapage ! Nous reparlerons de tout cela prochainement.

Quand l'ancien inspecteur des forêts rentra chez sa belle-sœur, ce fut bien autre chose. Mme Dajincourt était seule à la maison, encore profondément bouleversée. Elle se jeta presque, tout éplorée, dans les bras de son beau-frère, avec un élan d'épanchement inusité chez elle.

— Je sais tout, pleurait-elle, je sais tout. M. Urbain de Nestalas sort d'ici, il m'a raconté cette triste affaire dans tous ses détails. Henry a une liaison, depuis trois mois, avec une ouvrière... N'avais-je pas raison, mon pauvre Albert, de vous appeler à mon secours ?... Une liaison qui a déjà rendu mon fils la fable de tout Bordeaux — je comprends maintenant certains sourires sur mon passage — une liaison qui va compromettre son avenir, lui attirer des réprimandes de ses chefs, de mauvaises notes, une disgrâce peut-être... Mon Dieu ! mon Dieu ! comment sortirons-nous de là ?

M. Dajincourt laissa passer l'orage. Puis, il déclara tranquillement :

— Moi aussi, je sais tout : j'ai rencontré chez les Chabran une certaine demoiselle de Nestalas qui a éprouvé le besoin de mettre Lucienne au courant...

— Eh bien, votre opinion ? Que faut-il faire ?

— Quelle impatience, ma chère Marie !... Ce qu'il faut faire ? Mais je ne sais pas, nous verrons : on ne prend pas ainsi, tambour battant, des décisions de cette importance, qui comportent tant et de si délicates nuances d'exécution.

A ce moment, la clef tourna dans la serrure du vestibule

— C'est lui ! soupira Mme Dajincourt. Il vient encore de chez cette fille, sans doute !

— Du calme, je vous en conjure, supplia le vieillard. Qu'Henry ne soupçonne pas vos préoccupations et laissez-moi faire, je me charge de tout.

Mais la vieille dame s'entêtait :

— Pensez donc, une malheureuse, une pauvresse dont la mère est au lit et la famille sans pain. Notre comité des dames chrétiennes les secourait, d'après les indications, à la prière de Monsieur mon fils, d'ailleurs. Il y a trois mois, cependant, il m'avait dit de cesser ces secours. Maintenant, je comprends pourquoi.

— Chut ! signifia Albert, le voici ! Il pourrait nous entendre.

Henry qui avait été absent toute la journée, rentrait, l'air un peu las, avec, dans le regard, toutefois, un rayonnement d'intime satisfaction.

— Bonjour, maman ! Bonjour, mon oncle ! Comment ça va ?

Mme Dajincourt, les lèvres pincées, ne répondit pas.

— Mais ça va très bien, dit l'ancien forestier après une seconde d'hésitation. Les Chabran m'ont fait un accueil des plus aimables.

— Ah ! murmura Henry distrait.

Et, silencieux, ils passèrent dans la salle à manger.

VII

M. Dajincourt avait dit : « Laissez-moi faire, je me charge de tout. »

L'attente ne fut pas longue. Avec son caractère énergique, sa rondeur toute militaire qui le portaient à aborder les obstacles de front, l'ancien inspecteur des forêts ne laissa pas traîner les choses.

Ce fut le soir même, en flânant sur les allées de Tourny où, sous prétexte de prendre l'air, il avait emmené son neveu.

Tout de suite, après quelques banalités, il lança :

— Nous avons parlé de toi, aujourd'hui, avec Chabran.

— Ah ?

— Oui... Mais, voyons, commençons par le commencement : pourquoi as-tu refusé de m'accompagner chez lui ?

— Ah ! mon oncle, j'espérais que vous m'épargneriez cette pénible explication...

— Mais, mon ami, je ne te demande rien, si tu crois...

— Je ne crois rien, mon oncle, je n'ai ni parti pris ni mauvaise volonté, il m'en coûte seulement beaucoup de toucher à un sujet qui... Avec vous, pourtant !...

— Allons, je vois que tu as toujours confiance dans ton oncle.

— Certainement !

— Bon, en ce cas, laisse-moi parler, je t'éviterai l'ennui d'un aveu, d'un récit... car je pense bien connaître à peu près l'état de la question... Mon Dieu, oui, à la manière dont tu avais décliné cette visite, j'avais deviné de quoi il retournait et je suis arrivé là-bas avec la résolution d'acquérir le plus promptement possible une certitude. Avec Chabran, je ne me gêne pas. Je l'ai pris à part et je lui ai dit carrément ma surprise de vous voir presque brouillés, après vous avoir vus enthousiasmés les uns des autres.

« Chabran, très embarrassé d'abord, a fini par m'avouer tout avec une franchise absolue, naïve même. Il rejette toutes les responsabilités sur sa femme. Sans elle, prétend-il, ton mariage avec Lucienne n'aurait pas été impossible, malgré les différences de fortune.

— Heu ! fit Henry avec un geste de scepticisme.

Puis, s'arrêtant, il prit le bras du vieillard.

— Mon oncle, dit-il à voix basse, quel rôle, d'après vous, ma mère a-t-elle joué dans cette affaire ?

— Ça, mon cher, je n'en sais rien.

— Votre impression ?

— C'est que ta mère n'a pas dû mettre beaucoup d'empressement à favoriser ton mariage avec Lucienne.

— Vous êtes dans le vrai, murmura le jeune homme. Ma mère a toujours été opposée à ce mariage ; son appui, pourtant, m'eût peut-être fait triompher des résistances... Elle n'a pas compris, la pauvre mère, où se trouvait son devoir, et elle ne soupçonne pas les terribles responsabilités qu'elle a, de ce fait, encourues...

— Bah ! tout se répare à ton âge, mon cher ami, interrompit le vieillard. Pour un parti de perdu, dix de retrouvés. Puis, veux-tu que je te dise : il n'y a rien d'irrévocable du côté des Chabran. On t'a fait grise mine parce que tu n'avais pas de fortune. Riche... d'une dizaine de mille francs de rente, seulement, tu serais le gendre rêvé, j'en suis persuadé.

— J'en doute. Au surplus, c'est parler pour ne rien dire. Dix mille francs de rente ne vous tombent pas du ciel.

— Pourquoi pas ? Quand on a un vieil oncle pour aider le ciel ?

— Vous feriez cela, mon oncle !

— Et sans grand mérite, va. De quoi ai-je besoin, moi, maintenant ? Une vieille carcasse comme la mienne se contente de peu... Deux ou trois mille francs de rente que vous me feriez, j'en aurais assez ; et pour ce qui me reste à vivre !... Tu accepterais ?

— Non, mon oncle, je n'accepte pas, répondit gravement Henry. Je ne veux pas acheter ma femme... avec de l'argent.

— Il ne s'agit pas d'acheter... C'est un moyen, voilà tout... Puisque la vie est ainsi faite...

— Non, non, répéta le garde général.

Après un instant d'hésitation, le vieillard reprit :

— Tu n'es pas sincère avec moi, Henry. Pour refuser la planche de salut que je t'offre, il faut que tu n'aimes pas réellement Mlle Chabran.

— Oh ! mon oncle, je vous jure...

— Quoi ?

— Que... je l'ai aimée.

— Ce qui revient à dire que tu ne l'aimes plus...

Le jeune homme n'eut pas le courage de protester et se contenta de pousser un profond soupir.

— ... Ou, continua M. Dajincourt, que tu sois arrêté par un autre obstacle, pris dans une autre affection.

Henry fut secoué d'un frisson.

— Soyez franc, à votre tour, mon oncle, dit-il très doucement. N'ayez pas l'air de vouloir me confesser, si vous savez déjà ce que vous désirez me faire avouer.

L'ancien forestier eut un geste de surprise embarrassée. Puis, il crut habile de s'échapper par une boutade :

— Comment ne connaitrais-je pas tes moindres actions, quand toute la ville en jase ?

Le jeune homme fit un signe d'incrédulité.

— Je ne me suis pas caché, c'est vrai, dit-il. Pourtant, je doute que l'opinion publique ait pu vous mettre au courant de mes actes aussi rapidement, aussi exactement. Vous n'avez vu personne depuis votre arrivée, personne autre que ma mère et les Chabran ?..

M. Dajincourt se pinça les lèvres.

— Voyons, n'ergotons pas, interrompit-il. Peu importe la façon dont je me suis renseigné, puisque, en effet, je le suis... D'abord, il faut tout dire, je suis venu pour cela.

— Comment ?

— Oui, c'est ta mère qui m'a prié de faire ce voyage. Elle n'est pas sans avoir remarqué la crise que tu traverses ; affolée dans sa sollicitude maternelle, craignant d'être au-dessous de sa tâche, elle m'a demandé d'accourir à son secours et au tien.

— Ah ! très bien ! grommela Henry d'un ton bourru. Et, sans doute, ma mère vous a fait part, dès votre arrivée, des chagrins que lui causent mes... débordements ; car elle a, évidemment, quelqu'un pour m'espionner.

— Ta mère ne savait rien... Elle te voyait souffrir sans connaître la raison.

— Ma mère ne savait rien ! Alors, elle sait, maintenant ? Plus heureux qu'elle, vous avez tout de suite réussi dans votre enquête ? N'est-il pas indiscret de vous demander quels moyens vous avez employés ?

— A quoi bon ?

— C'est que l'opinion publique, je le répète, ne peut pas avoir opéré ce miracle d'information. Il a fallu que quelqu'un, spécialement intéressé à me nuire ou cherchant à se venger, m'épiât, surveillât mes moindres démarches et vous communiquât le résultat de ses investigations. Or, je ne vois dans ce cas-là que

Gaëtan de Nestalas. Dites-le moi franchement, c'est de lui que vous tenez vos renseignements?

— Soit, mettons que les Nestalas sont les coupables! murmura M. Dajincourt,

Et après avoir poussé un soupir de lassitude, il poursuivit :

— Voyons, Henry, ai-je perdu ta confiance? As-tu cessé de me considérer comme un ami véritable, ayant, avant tout, le désir de t'être utile?

— Je n'ai jamais songé à douter de votre affection, mon oncle.

— Bon! En ce cas, jouons carte sur table et allons droit au bout.

« Tu as une maîtresse, n'est-ce pas? C'est ton droit. Cette maîtresse, tu entretiens avec elle depuis quelques mois des relations de plus en plus suivies, qui tendent à former entre vous une liaison sérieuse, durable... Hé! mon Dieu, qui ne connaît cela? Quel est le jeune homme qui ait échappé à cette loi presque inéluctable? Tu as, toi, une excuse de plus; c'est un désappointement qui t'a jeté dans les bras de cette jeune fille. D'ailleurs, en t'attachant à elle, comme tu es, je suis sûr, en train de le faire, tu montres que tu as du cœur; on ne pourrait pas adresser le même compliment à tous les jeunes gens de ton âge!

« Halte-là, cependant. Cette liaison, par là même qu'elle est sérieuse — et, connaissant ton caractère, je le crois — constitue un danger pour toi; elle poussera tous les jours des racines de plus en plus profondes dans vos cœurs; à la longue, elle deviendra une habitude indispensable à votre vie, dont vous ne pourrez plus vous défaire, que vous le vouliez ou non.

« Or, cette jeune personne... Mlle Angèle, je crois, n'est-ce pas?... C'est gentil, ce nom-là... cette jeune personne étant de celles qu'on n'épouse pas...

— Je ne vois pas pourquoi! interrompit gravement Henry.

M. Dajincourt eut un sursaut, mais, tout de même, malgré l'objection, il acheva sa phrase :

— ... Te voilà, pour le reste de tes jours, avec un fameux boulet au pied !

— Ça dépend de ce que vous entendez par boulet ! insinua le jeune homme.

— Non, il n'y a pas de « ça dépend », riposta vivement le vieillard. Tiens, sans aller plus loin, je disais tout à l'heure, en riant, c'est vrai, que toute la ville jasait déjà de ton aventure. Si ce n'est pas exact, ce le sera demain. L'histoire parviendra aux oreilles de tes chefs, on fera une enquête, tu recevras des semonces, on te mettra en demeure de rompre, et pour t'y encourager, on t'enverra réfléchir en quelque coin perdu des Pyrénées ou des Alpes : à quarante ans tu seras encore garde général. Et ce n'est qu'un des côtés de la question. Il y en aurait vingt autres à envisager. Car, de toutes parts les ennuis surgiront, ta carrière peut être brisée... Tout cela pour...

— Tout cela, interrompit Henry, parce que j'aurai refusé d'agir avec le brutal cynisme, avec le lâche égoïsme que la plupart des jeunes gens pratiquent à l'égard des malheureuses qu'ils séduisent.

« De ces jeunes gens qui abandonnent ainsi leur maîtresse, on dit qu'ils « se conduisent bien », qu'ils ont enfin « compris leur devoir », qu'ils ont eu « la raison » de renoncer à une liaison dangereuse ».

« Et il y a des parents pour les approuver, pour les pousser au besoin.

« Lâcheté ! Egoïsme ! Hypocrisie !

« Vous disiez à l'instant, mon oncle, que j'avais du cœur. Eh bien, oui, j'en ai et je le prouverai en faisant tout mon devoir, non pas le devoir que trace votre société vile et menteuse, mais celui que commandent la noblesse des sentiments, la hauteur de l'âme, la sincérité de la conscience.

M. Dajincourt, ému, se taisait. Après quelques minutes, il demanda :

— Alors, tu l'aimes beaucoup, cette petite Angèle ?

— Oui, je l'aime, parce qu'elle le mérite et qu'elle m'aime, elle, au moins...

— Au point de vue que je viens de dire, c'est dommage, murmura le vieillard. Mais, je ne puis m'empêcher de t'approuver. C'est si beau, et si rare, l'amour ! Il faut le conserver quand on le possède... Il y a quarante-cinq ans, j'ai éprouvé ce que tu éprouves, souffert ce que tu souffres ! Hé ! mon Dieu, si j'avais cédé, comme tu veux le faire, au cri de mon cœur, à la voix de ma conscience, ma vie n'en aurait sans doute pas tourné plus mal... Et aujourd'hui, ma solitude ne serait pas aussi lourde... Enfin !

Et, la tête courbée sur la poitrine, sa voix s'éteignit dans un soupir.

Puis, sa pensée, après avoir flotté un instant vers les lointains et inutiles regrets, revint à la réflexion : la réalité du rôle qu'il *devait jouer* lui réapparut ; et, avec un ton d'apparente conviction, il reprit :

— Pourtant, mon cher Henry, si tu voulais, il y aurait encore un moyen de tout réparer.

— Réparer quoi ?

— Je veux dire un moyen d'assurer ta tranquillité et celle de ta mère, en dirigeant ton avenir dans un sens plus conforme à tes intérêts... Vois-tu, si tu y consentais, je suis persuadé que j'obtiendrais facilement pour toi la main de Mlle Lucienne... Au fond, c'est un bon homme, Chabran ; il n'y aurait pas grand'chose à faire pour détruire ses préjugés à ton endroit. Il prétend bien que sa femme le mène ; mais ce n'est pas une ogresse, cette bonne grosse ménagère ; m'est avis qu'on viendrait à bout de ses résistances : les dix mille francs de rente seraient déjà un argument puissant.

— Je vous en prie, mon oncle, n'insistez pas ; j'ai

dit : non ; c'est : non... D'ailleurs, pour couper court,
je préfère, tout de suite, vous avouer... vous déclarer, là, bien franchement, que, si je me marie, je n'é-
pouserai... jamais... que la mère de mon enfant.

— La mère de ton enfant !... Tu as un enfant ?

La voix du vieillard tremblait : il demeura une minute, cloué sur place, suffoqué. A la fin, il se ressaisit :

— Allons, fit-il entre ses dents, c'était trop tard...
Que puis-je faire maintenant, sinon m'incliner devant
le fait accompli ? Henry, ajouta-t-il en prenant les
mains de son neveu, Henry, tu es un brave garçon,
un noble cœur... Je te félicite, oui, je te félicite sincèrement... C'est peut-être en contradiction avec ce
que je viens de te dire. Tant pis ! J'aime mieux passer
pour une girouette que pour un égoïste... Tu sais,
un vieil oncle, ça se croit obligé de grogner, de faire
des remontrances, et au fond... Oublie ça, n'est-ce
pas ? Pardonne-moi !

— Je n'ai rien à vous pardonner, mon oncle.

— Si, si, j'ai été dur tout à l'heure... Je ne savais
pas... Allons, à la grâce de Dieu !

VIII

Le lendemain, une crise d'angine de poitrine clouait
au lit M. Dajincourt.

Il en résulta une sorte de trève entre Henry et sa
mère qui, forcés de veiller à tour de rôle au chevet du
malade, n'eurent plus d'autres préoccupations que le
soin de sa santé.

Mais, aussitôt que l'ancien inspecteur des forêts
fut sur pieds, Mme Dajincourt n'eut rien de plus
pressé que de recommencer ses jérémiades.

Hélas ! dès les premiers mots qu'elle adressa à son beau-frère au sujet de ses angoisses, elle obtint une réponse qui n'était pas faite pour la tranquilliser.

— Ma chère Marie, déclara simplement le convalescent, nous ne briserons jamais la chaîne qu'Henry s'est forgée. Il n'y a donc qu'à s'incliner devant le fait accompli.

— S'incliner devant le fait accompli ! répéta la mère, non, c'est impossible... Alors, vous lui avez parlé ? Vous lui avez nettement demandé de rompre avec cette fille ? Et il a refusé ?

— Il a refusé... Et j'avoue que j'approuve entièrement sa conduite.

— Vous approuvez sa conduite !... une liaison que réprouvent la morale et la religion... une abomination, une horreur !... Voyons, Albert, vous n'y pensez pas : c'est une gageure.

— Pas du tout.

— Mon fils s'amouracher d'une pauvresse ! Et préférer cette fille du peuple à tous les partis brillants que je lui ai offerts !... Vous voudriez que j'accepte une chose pareille, moi, moi !... Henry aurait pu épouser Mlle de Nestalas...

— Oh ! celle-là, je l'ai jugée, interrompit en souriant l'ancien forestier ; je félicite mon neveu de l'avoir jugée, comme moi, pour ce qu'elle vaut ; je préfère pour lui Angèle Mazerat.

Mme Dajincourt se pinça les lèvres de colère et de dégoût.

— Il aurait pu épouser alors Mlle Chabran, ajouta-t-elle au bout d'une minute.

— Sur ce point, nous sommes d'accord, et il est regrettable que vous ne vous soyez pas employée, en temps opportun, à faire triompher l'inclination d'Henry pour Lucienne.

— Mais ça n'a pas dépendu de moi. Nos premières avances furent mal accueillies.

— Sans doute, il y avait de grosses difficultés, mais il n'était pas impossible de les vaincre. Allons, le passé est le passé, n'en parlons plus... Revenons au présent. Si j'approuve aujourd'hui la conduite de mon neveu, c'est que l'attachement d'Henry pour la jeune fille qu'il a séduite montre une délicatesse de sentiments, une noblesse, une grandeur de dévouement qui méritent l'admiration.

— J'ai peur de comprendre, murmura la mère, après une minute de réflexion.

— Pourquoi, peur ? Votre fils et sa maîtresse sont maintenant unis par la promesse d'un enfant. Henry accepte généreusement toutes les responsabilités, et s'il n'épouse pas la mère de son enfant, du moins il ne l'abandonnera pas. Qu'est-ce qu'il y a d'effrayant là-dedans ?

Mme Dajincourt avait bondi, puis s'était écroulée sur un fauteuil, assommée, anéantie par cette révélation.

— Mon fils... avoir un enfant en dehors du mariage ! en dehors des seules conditions que la société admet !... Une amourette, passe encore ! on en jase, on en rit et on oublie... Mais un enfant !... Ah ! le malheureux ! le malheureux !... Cette honte m'était-elle donc réservée ?

L'oncle souriait, moqueur.

« Comme ce cri de colère, de désespoir, donnait bien la mesure exacte de l'idéal suprême de ce pharisaïsme bourgeois ! »

— Eh bien ! vous n'avez qu'à les marier ! fit-il ironiquement.

— Ça, jamais !

— Alors, ne vous plaignez pas !

Ce sarcasme exaspéra la vieille dame.

— C'est bon, je m'arrangerai, j'ai un moyen, grommela-t-elle, têtue.

— Du calme, surtout ! pria M. Dajincourt. Henry

est très monté, de son côté. Evitez une discussion qui pourrait amener une rupture définitive entre vous.

— Soyez tranquille, je ne provoquerai pas d'explication inutile, j'agirai sans même prévenir mon fils.

— Que gagneriez-vous, d'ailleurs, à heurter de front les sentiments d'Henry ? Vous le pousseriez à bout : voilà tout. Tandis qu'avec de la douceur, de la patience, tout peut s'arranger. Ayez seulement le courage de garder le silence, pendant quelque temps, et la situation se dénouera peut-être d'elle-même. La mort, par exemple !... Pourquoi pas ? Une grossesse est toujours dangereuse.

— Oh ! oui, la mort, répéta Mme Dajincourt, qui sembla soudain hypnotisée et... consolée par cette pensée.

M. Albert Dajincourt avait déclaré qu'il repartirait pour Lunéville aussitôt qu'il serait tout à fait valide.

Rien ne put le faire revenir sur cette décision.

Avant de quitter Bordeaux, il tint à faire une visite d'adieu à son ami Chabran. L'entrevue fut plus que froide.

— Allons, grogna l'ancien forestier en sortant de là, en voilà encore un qui trouve, comme ma belle-sœur, que je n'ai pas eu assez de ménagements pour lui. Décidément, à être franc, on ne gagne que des inimitiés.

Le lendemain, le vieillard reprenait le chemin de la Lorraine.

Henry, seul, l'accompagna à la gare.

Le dernier entretien de l'oncle et du neveu fut empreint d'une tristesse profonde.

Le jeune homme surtout était affolé à l'idée que l'ami, le défenseur, qu'il avait trouvé en son oncle, allait lui manquer et qu'il serait seul à lutter contre sa mère.

Et l'ancien forestier qui se savait gravement ma-

Leon Roze

lade, ne s'éloignait pas sans un douloureux serrement de cœur.

Ce fut lui, cependant, qui, jusqu'au dernier moment, essaya de dissiper les sombres pressentiments de son neveu, en l'assurant qu'il n'y a pas de crime qu'une mère ne finisse par pardonner à son fils et que, d'ailleurs, tout s'arrange avec le temps, de la patience et de la bonne volonté.

Malgré cela, lorsque le train fut parti, Henry éprouva une sensation si aiguë de découragement, d'abandon, que les larmes lui vinrent aux yeux.

Il eut vite fait, d'ailleurs, de se ressaisir, et les bras ballants, la tête lourde, il s'achemina lentement vers la ville.

Comme il traversait le pont, ses regards furent attirés par les allures bizarres d'un individu qui, appuyé sur le parapet, fixait obstinément le fleuve en se livrant à une mimique invraisemblable.

C'était un homme de haute taille, à la tournure assez élégante et dont les cheveux tout blancs attestaient la soixantaine depuis longtemps sonnée.

Henry s'arrêta : il venait de reconnaître un ami.

— Que diable faites-vous donc là, M. Valeyrac ? s'écria-t-il. Vous avez des gestes de pêcheur à la ligne en détresse.

— Mais c'est évident, pérorait Valeyrac en ouvrant largement les bras comme s'il se fût adressé à un auditoire de dix mille personnes, vous voyez bien que ces divers mouvements de flux et de reflux, existant aussi bien dans les fleuves que sur la mer, sont des forces inutilisées ; or ces forces sont innombrables et incommensurables. Quelque minimes qu'elles soient prises en détail, elles constituent, en masse, la plus formidable puissance que la création ait jamais mise à notre disposition... C'est le moteur universel qui suffirait à faire tourner tous les moulins, à mettre en action toutes les machines du monde, s cette force pouvait être transformée et transportée. L'empire du monde appartiendra à celui qui... Tiens, M. Dajincourt !... Quelle heureuse rencontre !... Vous m'avez entendu... Vous avez dû m'entendre : j'ai la manie, quand je me laisse emporter par mon enthousiasme, d'exprimer tout haut mes impressions... Vous savez, entre nous, ça y est, cette fois : je le tiens, le moyen de refaire ma fortune. Enfoncé, le cousin Chabran ! La vente des boîtes de sardines n'est que jeu d'enfants à côté de ma gigantesque entreprise... Vraiment, mon cher monsieur Dajincourt, je suis très heureux de vous voir, j'avais justement à vous entretenir.

Il parlait avec tant de volubilité qu'il était impossible de placer un mot.

Henry, d'ailleurs, l'écoutait à peine. Ils s'acheminaient maintenant côte à côte vers la place de Bourgogne.

— Et je suis sûr, reprit Valeyrac, que vous ne devinerez pas ce que j'ai à vous dire ?

— Ma foi, j'avoue...

— Ça vous flatte, mon cher monsieur, ça vous flatte ! répéta le maniaque en passant la main dans sa barbe soyeuse avec un geste de coquetterie. Depuis quelques jours, il s'est passé des choses graves à la maison... Mais, au fait, vous venez de conduire votre oncle au train ? Il rentre chez lui ?

— Oui, soupira le jeune homme, et ce n'est pas sans une profonde tristesse que je le vois s'éloigner.

— Naturellement... Ce sentiment vous honore... Vous savez, il vous aime bien, votre oncle ; je ne l'ai entendu qu'une fois parler de vous, ça m'a suffi, je suis fixé.

— Voyons, que s'est-il passé de si grave, M. Valeyrac ? interrogea Henry après une minute d'attente.

— C'est plus délicat que je ne croyais, dit le vieillard en hésitant, pris soudain d'un scrupule. Il

s'agit... Vous ne m'en voudrez pas de revenir sur un
sujet qui vous est peut-être pénible ?...

— Non, non, parlez franchement.

— Il s'agit de vos projets d'autrefois, de vos projets de mariage avec Lucienne.

— Ah ! encore-l murmura le jeune homme d'un ton
ennuyé, j'espérais que c'était fini.

— C'est votre oncle, mon cher monsieur, qui a
remis, le premier, cette question sur le tapis.

— Je sais, mon oncle m'a tourmenté, un jour,
pendant deux heures, avec cette malheureuse histoire, prétendant que la résistance de M. et de Mme
Chabran, serait facile à vaincre, que je n'avais qu'à
me laisser faire et que je deviendrais l'heureux époux
de Mlle Lucienne !

— Pourquoi pas ?

— Attendez ! Moi, j'ai opposé à ces tardives avances, un argument décisif, irréfutable : « C'est trop
tard, j'ai d'autres devoirs à remplir. » Mon oncle a
compris mes raisons, qu'il approuve d'ailleurs, et n'a
plus insisté.

— Ah ! dit le vieux maniaque.

Et, après un silence, il ajouta :

— Eh bien ! c'est Amédée qui ne se serait pas
donné tant de mal, s'il avait su !... Quand je dis
Amédée, je me trompe ; c'est encore sa femme qui a
commandé la manœuvre, et lui qui a obéi, comme
toujours.

— Je ne saisis pas... A propos de quoi ?

— Voici : dès sa première entrevue avec Chabran,
votre oncle, M. Dajincourt, manifesta le désir de re-
nouer les négociations interrompues au sujet de votre
mariage... Après avoir promis de vous doter, il vanta
les futurs avantages de votre carrière, le brillant
avenir qui vous était réservé. Bref, il mit une grande
énergie à faire triompher son idée.

— Après ? Après ?

— Mon cousin, bonnassement, eut l'imprudence de rapporter cet entretien à sa tyrannique moitié. Aussitôt, celle-ci entra dans une violente colère : « Comment ! un étranger se permettait de tramer, dans sa propre maison, des complots contre les décisions de son autorité souveraine ! Bien, bien ! Elle allait y mettre bon ordre ! »

« Alors, pour couper court à toute velléité de rapprochement entre sa fille et vous, elle a imaginé de précipiter le mariage de Lucienne avec Gaëtan de Nestalas.

« Toujours docile et ridicule, Chabran a dû se charger d'aller positivement offrir sa fille au châtelain de Sabarèges.

« Et de son côté, Mme Chabran mettait Lucienne en demeure d'avoir à se prononcer immédiatement, de façon à ce qu'on pût annoncer officiellement ses fiançailles.

— Ah ! mon Dieu, soupira le garde général, que de mesquineries, d'imbéciles machinations !

— Laissez-moi finir : le reste est plus important pour vous... Vous ne devinez pas?... Lucienne a refusé, parbleu ! non seulement refusé de s'engager pour le moment avec M. de Nestalas, mais encore déclaré nettement qu'elle ne serait jamais la femme de Gaëtan... Cela ne prouve-t-il pas qu'elle a d'autres vues, qu'elle conserve un autre espoir ?

Le jeune homme poussa un soupir : son visage très pâle reflétait une véritable douleur.

Pendant plusieurs minutes, ils restèrent silencieux tous les deux.

Enfin, comme ils arrivaient au cours de l'Intendance, Henry se décida :

— Vous rentrez, sans doute, M. Valeyrac ? dit-il ; je vous laisse... au revoir !

Le vieillard s'arrêta et regarda le jeune homme avec compassion.

— Vous me faites vraiment de la peine, mon pauvre monsieur, murmura-t-il en lui prenant les mains ; je ne voudrais pas vous quitter dans cet état.

— Oh ! balbutia le garde général, je sais me résigner.

— Non, non, la résignation n'est qu'un pis-aller, la ressource des impuissants, des faibles... Dans les conditions où vous êtes, on ne parle pas de résignation ; on agit, on lutte, on se défend... Je voudrais vous voir réagir... pouvoir vous aider... Je suis de vos amis, M. Dajincourt, croyez-le bien, vous m'avez été sympathique dès le premier jour, et, quoique je n'aie jamais eu l'occasion de vous le dire, de vous le prouver... oui, je suis de vos amis, fidèles, dévoués.

— Merci, M. Valeyrac, je vous crois...

— Alors, promettez-moi...

Le jeune homme l'interrompit.

— Est-ce tout ce que vous aviez à me communiquer ? interrogea-t-il gravement.

— Hé !... mon Dieu, oui... car, à quoi bon vous parler du reste, pour vous attrister ?...

— Si, si, je veux tout savoir.

Valeyrac hésita.

— D'ailleurs, reprit-il au bout d'un instant, je ne vous apprendrai rien, probablement. Il est superflu de vous rappeler que M. Gaëtan de Nestalas et... sa sœur...

— Sa sœur aussi !... Au fait, rien ne m'étonnera d'elle !

— ... Exaspérés par l'échec cruel que leur a infligé Lucienne, se vengent en répandant sur votre compte des bruits malveillants, en grossissant d'ineptes racontars...

— Que m'importe ! Je me moque de leurs cancans.

— Évidemment, les propos des méchantes langues ne vous atteignent pas. Malheureusement, il n'en va pas de même avec le public : plus les calomnies sont grossières, plus elles s'accréditent facilement. Et c'est bien pis encore, lorsqu'il y a une parcelle de vérité qui fait de ces calomnies de simples médisances...

— Oh ! je vous en prie...

— Pardon, mon ami... Je voulais seulement vous mettre en garde contre certaines surprises, contre les résultats possibles des insinuations perfides qui circulent sur votre conduite...

« L'opinion publique n'est pas seule visée. On cherche surtout à prévenir contre vous vos supérieurs, l'inspecteur, le conservateur... J'en sais quelque chose, étant l'ami de ce dernier.

— Qu'ai-je à redouter ? Je fais mon service, on ne peut rien contre moi.

— Sans doute, mais on sèmera sur vos pas tant de difficultés que l'on vous forcera à briser vous-même votre carrière.

Henry fit un geste d'immense lassitude.

— Ah ! tant pis ! tant pis ! s'écria-t-il ; mais si l'on espère par des menaces m'imposer de lâches compromis, on se trompe.

Le vieillard avait repris les mains du jeune homme et les pressait affectueusement.

— Allons, allons, du courage ! Il y a encore des gens qui s'intéressent à vous, qui sont prêts à vous défendre... L'adversité se lassera, vous resterez vainqueur.

Le regard d'Henry se posa plein de reconnaissance attendrie sur son interlocuteur.

Puis, coupant court :

— Au revoir, M. Valeyrac, au revoir ! répéta-t-il en s'éloignant avec un hochement de tête qui semblait dire : « Je fais mon devoir. Advienne que pourra ! »

IX

Après la minute d'oubli qui avait jeté Angèle dans les bras d'Henry, tous les deux, loin de chercher à se reprendre, s'étaient abandonnés, tous les jours plus ardemment, à la grande douceur de s'aimer.

L'entraînement des sens, qui dans les aventures de ce genre, est presque toujours la raison dominante de l'homme, n'avilit pas, ou presque jamais, chez la femme, le sacrifice qu'elle fait d'elle, de son corps et de sa réputation : Angèle se donnait toute, exclusivement et humblement, parce qu'elle se considérait comme la servante du jeune homme, comme sa chose, parce qu'elle aimait absolument son maître...

Henry, au contraire, tout pénétré qu'il fût d'une sympathie très vive pour sa maîtresse, n'avait éprouvé d'abord qu'une satisfaction égoïste : il échappait à sa solitude, il avait un cœur où verser ses douleurs.

Toutefois, cette inégalité qui, à la longue, fût devenue un germe de discorde, ne dura pas.

Le garde général était bon, très sensible, facile à attacher. La conscience de sa responsabilité d'une part, l'infinie tendresse qu'il découvrait chaque jour dans le cœur de la jeune fille, d'autre part, lui firent bientôt vouer une affection sincère à la timide et aimante créature qu'il avait crû prendre d'abord pour une consolation passagère.

Très doucement, mais sûrement, elle le conquit ainsi par son amoureuse confiance, l'accapara peu à peu tout entier. Et lorsqu'ils furent montés au même diapason de tendresse exclusive, aveugle, passionnée, ce fut un temps de bonheur parfait, en dépit, à cause peut-être de la fragilité de ce bonheur et des dangers dont ils le sentaient menacé.

Des deux côtés, en effet, les mêmes tracas surgissaient.

Avec le printemps, la mère Mazerat était sortie de son lit. Mais cette amélioration inespérée dans sa santé, loin de lui adoucir le caractère, l'avait, par une anomalie inexplicable, rendue plus acariâtre et plus exigeante que jamais. Diminuer les charges de la famille ne lui suffisait pas, elle eût voulu encore être en mesure de travailler. Et, au lieu de se montrer reconnaissante envers Angèle, de l'énergique dévoûment qu'elle avait montré, elle traitait la pauvre enfant de paresseuse en la voyant demeurer bien malgré elle, inoccupée au logis.

Si la jeune fille sortait — étrange contradiction — c'était encore pis. Le prétexte de « l'ouvrage à chercher » ne prenait plus. La vieille femme avait des soupçons, et c'étaient des scènes à propos de riens, des questions embarrassantes, des allusions brutales, quelquefois des accusations formelles.

« Ah ! si j'étais sûre que tu as un amant, tu ne resterais pas une minute ici, entends-tu bien ! »

Angèle tremblait sous ces menaces fréquentes ; son amour, dans lequel elle se retrempait, la soutenait seul.

Néanmoins, sa vie devenait un enfer.

La misère, avec la confiance, est dure, mais supportable.

La misère avec la défiance et la discorde est intolérable.

Cette situation atroce durait depuis deux mois quand une nouvelle surprise acheva d'accabler la pauvre petite.

Cette surprise était une promesse de maternité.

D'autres qu'elle, pratiques et rouées, auraient vu dans cette promesse un gage de sécurité pour l'avenir.

Elle, timide, timorée, s'épouvanta. Non pas que

l'idée d'être abandonnée avec un enfant l'effleurât même une seconde.

Mais, au contraire, sachant la générosité d'Henry, elle eut peur que son amant ne prît trop à cœur ses nouvelles responsabilités, ne se crût désormais uni à elle par des liens indissolubles, sacrés, et ne subît de ce fait, de plus grandes contrariétés.

Aimer Henry pour lui, pour être la confidente de ses peines, pour l'entourer de tendres prévenances : très bien ! Ç'avait été son rêve, sa constante préoccupation, tout son bonheur.

Mais devenir pour lui un embarras, une entrave, un fardeau, non, ça, jamais, jamais.

Et telle était l'ardeur de la pauvre enfant à se dévouer toujours, que la pensée de déplaire à son amant la bouleversait, seule, à un moment où elle aurait dû d'abord pleurer sur elle et songer aux redoutables éventualités qui la menaçaient.

Savoir souffrir avec courage semble un privilège des êtres faibles. Angèle eut l'énergie de garder pour elle, pendant six semaines, la torture qui la rongeait.

Ce fut, à la fin, la réflexion qui la dompta.

Elle comprit que cette situation ne pouvait s'éterniser et, puisque tôt ou tard, elle devait parler, mieux valait que ce fût tout de suite.

Parler à qui ?... A Henry ?

Oh ! non, non, elle n'oserait jamais... Elle prévoyait trop bien, d'ailleurs, sa noble réponse, cette réponse qui lui ferait à la fois tant de plaisir et tant de peine ! Non, non, elle n'aurait pas la force de lui dire ça...

Alors, à qui s'adresser ? A sa mère ?

Angèle hésita longtemps, craignant de ne rencontrer chez elle qu'indifférence ou hostilité.

Mais la mère, quelque dure qu'elle soit pour ses enfants, est toujours la mère, c'est-à-dire une femme qu'on se représente comme d'une essence spéciale, pétrie de bonté et d'indulgence, toujours prête à pardonner, à conseiller, à aimer ; immuable dans sa tendresse, toujours soucieuse de mériter la confiance de ses enfants, de partager, d'alléger leurs peines.

Malheureusement cet idéal souffre de si fréquentes exceptions qu'il est presque devenu une chimère.

Angèle, affolée, n'avait pas le choix. Elle se résigna.

Un jour donc qu'elles étaient seules à la maison, les petites étant à l'école, elle tomba à genoux près du fauteuil où la vieille femme traînait sa lente convalescence et, dans un suprême effort, elle confessa tout en quelques mots.

La mère Mazerat ne dit rien.

D'abord figée par la surprise, elle demeura immobile, les bras ballants. Puis, sa face jaunie, amaigrie par les longues souffrances, se crispa comme du parchemin au feu, sa bouche se plissa pleine d'amertume et de dégoût, ses yeux flambèrent de haine ; et se dressant toute droite, elle qui pouvait à peine se tenir sur ses jambes flageollantes, elle montra la porte à sa fille, sans un mot, d'un grand geste tragique.

Angèle courba la tête, frissonnante, sous la malédiction, mais elle ne songea ni à résister ni à demander une explication ou un délai. Elle se releva, franchit le seuil sans se retourner et s'éloigna, brisée.

Dehors, elle continua, droit devant elle, sans savoir, sans rien voir, les cheveux au vent, rasant les murs...

Où allait-elle ?

Instinctivement, vers le seul endroit au monde où elle pût recevoir aide et consolation... Quai des Chartrons, n° 33, au premier étage, la porte à gauche, cette petite porte cachée par une tenture d'Orient, qu'elle avait franchie déjà si souvent, toujours avec les mêmes palpitations d'indéfinissable émotion.

Henry était là, à son bureau près de la fenêtre, la tête entre ses mains, à rêver.

En une seconde il fut debout, et Angèle tomba

dans ses bras en sanglotant. Puis, tout doucement, au milieu de soupirs et de larmes, le grand aveu fut fait...

Le visage éclairé par une joie sincère, le jeune homme dit d'une voix attendrie :

— Comme je suis heureux ! Tous mes vœux sont exaucés...

« Au moins, je suis sûr maintenant de ne plus vous perdre.

Et c'était si doux, cette noble et simple réponse, dont la généreuse délicatesse dépassait tout ce qu'elle avait prévu, qu'Angèle faillit s'évanouir... Il fallut toutes les tendres caresses, les ingénieuses attentions de l'amour pour avoir raison de cette faiblesse.

Alors, le calme revenu, Henry ajouta :

— Je ne veux pas que vous rentriez ce soir chez votre mère... Vous coucherez ici... Vous n'aurez pas peur, j'espère !... Demain, nous chercherons un moyen de fléchir cette trop sévère maman... Au revoir, Angèle ! Je suis forcé de rentrer, moi, d'assister au dîner de famille... Au revoir, à demain !

... La soirée de ce jour-là fut celle où M. Dajincourt et son neveu eurent un si long entretien en se promenant sur les allées de Tourny.

X

— Tiens, lis ça ! dit Mme Dajincourt en tendant à son fils une lettre qu'elle avait reçue le matin.

Et lorsque le jeune homme eut achevé, elle ajouta :

— Voilà ton œuvre !

— Comment, mon œuvre ! C'est ma faute si mon oncle est plus souffrant ?

— Tu sais bien que depuis son voyage il ne s'est

pas remis, que son état a toujours été en s'aggravant.

— Et c'est peut-être moi qui ai fait venir mon oncle à Bordeaux ?

La vieille dame eut une minute d'hésitation.

— Non, mais...

— C'est heureux que vous le reconnaissiez...

— Soit, passons... Que ton oncle soit venu ici pour son plaisir ou pour toute autre raison, il n'en est pas moins vrai qu'en le prenant comme confident de tes... débauches, tu l'as bouleversé, tu as blessé, affolé son affection pour toi, et que, de tout cela, sa santé a subi un funeste contre-coup.

Henry, la tête basse, réfléchissait :

« C'était le moment, l'occasion tant cherchée, tant attendue d'une explication définitive... Allons, tant pis ! Mieux vallait en finir tout de suite. »

— Ma chère mère, reprit-il, puisque vous posez la question sur ce terrain, je vous y suivrai sans crainte ; je serai bref et... net. Je n'ai pas besoin de rappeler les faits, vous les connaissez aussi bien que moi. Mon oncle vous a mise au courant, et même vous n'étiez pas du même avis sur la question, car mon oncle partageait mes sentiments, ce qui amena entre vous quelques querelles...

— Ton oncle, interrompit Mme Dajincourt, a pu paraître approuver ta conduite, mais il le fit un peu par dilettantisme et beaucoup pour avoir la paix. Je ne pensais pas que tu te serais laissé prendre à cette comédie.

Laissons cela, d'ailleurs ; l'opinion de ton oncle importe peu... j'espérais, mon cher enfant, que tu serais aujourd'hui revenu à la raison, par la seule force de la logique et du bon sens.

« La folie qui t'a poussé jusqu'ici ne saurait durer.

— Je regrette de vous enlever une illusion, maman, interrompit le jeune homme d'un ton tranquille mais ferme. La résolution à laquelle je me suis arrêté, je l'ai prise après avoir longuement réfléchi, je ne changerai pas ; je ne trahirai pas mes engagements.

— Des engagements !... envers qui ?

— Envers moi-même... et ça suffit pour que j'y reste fidèle.

La mère, après un soupir de soulagement, recommença à se lamenter :

— Moi qui ai eu la patience de ne jamais aborder ce sujet avec toi dans l'espoir que ma délicatesse serait récompensée, et, qu'à défaut de raison, la lassitude seule de cette situation te ramènerait !...

— Je vois que nous ne nous entendrons jamais, grommela Henry dont la nervosité s'accentuait.

— Cependant, mon ami...

— Hé ! oui, c'est triste, mais c'est évident... je vous remercie, ma chère mère, de vos bonnes intentions, du silence indulgent et... intéressé que vous avez gardé... Cependant, il faut vous le dire franchement : vous faites fausse route. Tous les termes que vous employez pour juger ma conduite sont désobligeants pour moi ; Où vous voyez des abominations et des horreurs, il n'y a pour moi qu'une affection à ménager et un devoir à remplir...

Mme Dajincourt était anéantie, et ce fut à grand'-peine que sa gorge serrée put proférer ce cri de désespoir :

— Tu m'infligerais le ridicule, tu te donnerais la honte de légitimer ce bâtard, d'épouser cette fille ?

— Oui, maman, prononça le jeune homme en s'efforçant de rester calme. Bien mieux, j'espère que la raison parlera chez vous à son tour plus fort que les préjugés, et que vous ne m'obligerez pas, par une opposition intempestive, à retarder l'accomplissement de ce que je considère comme un devoir.

La vieille dame se ressaisissait.

— Ah ! ça, par exemple, c'est ce que nous verrons !

Jamais, entends-tu bien ? jamais, je ne consentirai à m'associer à une pareille infamie. Au contraire, je ferai tout, tout pour l'empêcher. Quand mon opposition ne servirait qu'à te donner le temps de réfléchir !...

Et sur ces paroles menaçantes, elle sortit en coup de vent.

Le garde général ne broncha pas.

Cinq minutes après, Mme Dajincourt ressortait de sa chambre avec son mantelet, son chapeau et ses gants, et s'élançait dans l'escalier.

Un quart d'heure plus tard, elle prenait, à la gare du Médoc, un billet pour Verteuil ; et le train qui partait immédiatement la déposait, au bout d'une heure d'épouvantables cahotements, sur une lande sablonneuse rôtie par un soleil de feu.

La vieille dame se rendait à Sabarèges, à deux kilomètres de là. Faire deux kilomètres à pied sous une pareille chaleur, aurait rebuté toute autre qu'elle. Mais rien, ce jour-là, n'était capable d'arrêter Mme Dajincourt.

Résolument elle partit, évita le village par un sentier détourné, puis s'engagea dans un petit chemin de traverse entre un talus rapporté et une sapinière : une véritable fournaise.

Ce fut la partie la plus aride de son odyssée, mais non pas la plus décevante.

Cependant, au bout d'une demi-heure d'efforts, le château de Sabarèges apparut, misérable et délabré, dans son cadre de verdure sombre.

D'habitants, pas trace ! La voyageuse dut pénétrer dans deux ou trois pièces avant d'attirer l'attention d'un domestique qui lui apprit qu'il n'y avait aujourd'hui, à la maison, que M. le comte.

« M. de Nestalas seul ! Bonne aubaine ! Heureux présage ! »

C'était tout ce que désirait la vieille dame.

On l'introduisit au salon où le gentilhomme ne tarda pas à la rejoindre.

Alors, tout de suite, après avoir essuyé l'assaut des compliments du comte, Mme Dajincourt se jeta dans la question avec une ardeur pleine d'acrimonie.

— Mon bon ami, j'ai un grand service à vous demander, je me trouve dans un profond embarras...

— J'aurais voulu, madame, ne devoir le plaisir de votre visite qu'à...

Elle l'interrompit, agacée :

— Je vous en prie, réservez ces plaisanteries pour plus tard... Puis-je compter sur vous ?

— Ai-je donc besoin de vous rappeler, madame, que tout mon dévouement vous est acquis ?...

— Bien, écoutez-moi donc ! Vous connaissez — puisque c'est vous qui me l'avez révélée — la déplorable aventure où mon fils s'est fourvoyé avec tant de légèreté.

— Oui... malheureusement.

— Il s'y entête avec une aveugle ténacité.

— Ça ne m'étonne pas.

— Cela vous étonnerait encore moins si vous saviez tous les détails de cette scandaleuse liaison.

— Qu'est-ce à dire ?

— Cette fille est enceinte, paraît-il. Henry qui est, ou se croit du moins, le père de cet enfant, veut le légitimer, épouser sa maîtresse, rompre au besoin pour cela avec sa famille, avec la société... que sais-je ?... Un tas d'extravagances qui ne peuvent germer que dans un cerveau détraqué !...

— C'est grave, en effet, murmura M. de Nestalas.

— Vous n'étiez pas au courant ?

— Je savais qu'Angèle Mazerat était enceinte, je ne savais pas que M. Henry voulût en faire sa femme... quoique ce soit logique...

Mme Dajincourt bondit sur son fauteuil ; mais, réfléchissant, elle se contint et poursuivit :

— Je suis responsable de la conduite de mon fils.

— Heu ! Il me semble qu'il est majeur !...

— Enfin, vous me comprenez bien, je ne puis pas accepter une pareille situation, m'associer à cette folie ! Il faut, à tout prix, empêcher Henry de la commettre. C'est ici que votre intervention m'est nécessaire...

Le vieux gentilhomme prit un air réservé.

— Je suis à votre disposition, dit-il du bout des lèvres. Que dois-je faire ?

— Il s'agit, avant tout, n'est-ce pas ? de détacher mon fils de sa maîtresse. Or, à mon avis, le procédé le plus efficace serait de ridiculiser leur liaison, en la divulgant partout. De tous les bruits malveillants répandus, il reviendra toujours quelque chose aux oreilles d'Henry ; quand il entendra les gorges-chaudes dont sa *passion* est l'objet, il la trouvera certainement moins séduisante : son enthousiasme se refroidira et peu à peu l'indifférence viendra...

— Permettez-moi d'en douter ! dit M. de Nestalas en secouant la tête. Les obstacles et les contrariétés sont un aiguillon pour l'amour.

— Non, l'amour résiste difficilement à la raillerie. D'autant plus que, dans la position où se trouve mon fils, cette campagne de publicité aurait le résultat d'attirer sur lui les rigueurs administratives. On l'éloignerait : ce serait le coup de grâce...

— Tout cela ne me paraît pas bien clair, répéta le gentilhomme avec un sourire ironique. En tout cas, madame, laissez-moi vous avouer une chose, c'est qu'il ne reste rien à faire dans la voie que vous m'indiquez.

— Oh !...

— Absolument rien. Josiane et Gaëtan, comme s'ils en avaient été chargés par vous, ont fait tout ce qu'ils ont pu depuis deux mois pour donner à la con-

Leon Roze

duite de M. Henry toute la publicité désirable, et, partant, tout le ridicule possible.

Mme Dajincourt demeura penaude, les bras ballants, le rouge de la honte au front.

« Comme il lui semblait maintenant odieux, ce procédé employé par d'autres, qu'elle venait de préconiser ! »

M. de Nestalas, confus lui-même, n'osait rien dire.

Toutefois, les remords de la vieille dame ne durèrent pas.

Une soudaine évocation lui mit devant les yeux Angèle, cette fille, comme elle disait, lui ravissant son Henry, l'entraînant vers l'abîme ; et cela la rendit brusquement à sa colère, à sa vengeance.

Elle reprit donc :

— Eh bien, il y a un autre moyen de jeter la discorde dans ce joli ménage.

— Ce serait ?... demanda le comte avec une pointe d'inquiétude.

Mme Dajincourt eut un sourire machiavélique et souffla tout bas :

— Faire entendre à Henry par quelqu'un qui aurait sa confiance que... l'enfant n'est pas de lui... C'est peut-être vrai, d'ailleurs.... Sait-on jamais avec ces filles ?

— Ça non, madame, dit le gentilhomme ; malgré toute l'amitié que j'ai pour vous, je ne saurais jouer un rôle pareil.

La vieille dame eut un geste équivoque qui marquait à la fois son désappointement d'avoir échoué et son ennui d'avoir, en pure perte, découvert le basfond bourbeux de ses féroces rancunes.

Le regard fuyant, les lèvres pincées, elle se leva comme pour prendre congé.

Ce n'était qu'un faux départ. Après quelques pas vers la porte, elle se laissa tomber dans un fauteuil, et changeant tout à coup d'allures, elle se mit à supplier.

— Alors, vous allez m'abandonner dans cette situation? Oh! non, non, ce n'est pas possible. Dites-moi que vous aurez pitié! Voyons, mon ami, mon cher et excellent ami avez-vous donc oublié le rêve que nous formions jadis pour l'avenir de nos deux enfants? Ce rêve, ne peut-il plus devenir une réalité? Allons, un peu de courage, un dernier effort et la victoire est à nous... Un rien suffira, j'en suis sûre, à détruire le lien qui retient mon fils loin de son devoir. Rendu à la liberté, Henry disparaîtra quelque temps et, bientôt, réhabilité par le travail, il pourra épouser celle que, dans mon cœur, j'appelais déjà ma fille, votre charmante Josiane.

Le comte s'était levé, à son tour, le regard sombre; et, pendant quelques instants, il se promena de long en large, sans rien dire.

Enfin, il se décida :

— Pourquoi, chère madame, parler de nos rêves d'antan, puisque nous avons reconnu l'impossibilité de les réaliser?

Mme Dajincourt poussa un soupir sans avoir la force de répondre.

— Il me semble, d'ailleurs, poursuivit le gentilhomme que vous vous placez à un point de vue bien égoïste et que vous faites trop facilement table rase des responsabilités encourues par M. Henry. Un enfant n'est pas un... accident sans conséquences. Le père, s'il est un homme de cœur, doit bien quelque chose à ce pauvre petit être qu'un simple caprice souvent a jeté dans la vie...

— Peuh! grommela aigrement l'intraitable vieille, il n'est pas besoin pour cela de faire un sot mariage. Est-ce que ces gens du peuple ont la même façon que nous d'envisager la question d'honneur? Croyez-vous qu'avec un peu d'argent on ne trouverait pas à cette fille vingt maris pour un ? Croyez-vous qu'un paysan ou un ouvrier ne serait pas heureux, pour une petite somme, de légitimer cet enfant ?

M. de Nestalas eut un sourire d'ironie contenue.

— Mais je vois, continua Mme Dajincourt dont la colère s'exaspérait, je vois que je ne puis pas compter sur vous pour cela plus que pour tout le reste. Adieu, monsieur, je ne vous importunerai point davantage.

— Je suis désolé, madame, de vous voir partir ainsi, murmura le comte d'un ton sincèrement attristé. Soyez persuadée...

Mais elle lui coupa la parole d'un regard aigu, impératif.

Et le gentilhomme n'eut que le temps de balbutier :

— Je ne permettrai pas, madame, que vous fassiez à pied le chemin de la gare, je vais ordonner d'atteler.

— Non, non, c'est inutile.

Elle salua sèchement et sortit.

Elle était déjà loin que M. de Nestalas, immobile au milieu de son salon, était encore à considérer le bout de ses souliers en tordant sa moustache.

. . . .

Lorsque Mme Dajincourt rentra chez elle, la bonne s'empressa au devant de sa maîtresse pour lui remettre une lettre qu'on venait d'apporter.

Ne reconnaissant pas l'écriture, la vieille dame, inquiète, déchira curieusement l'enveloppe, sans prendre le temps d'enlever son chapeau. Et un petit cri lui échappa, lorsqu'elle vit la signature : « Lucienne Chabran ».

« Lucienne !... C'était Lucienne Chabran qui lui écrivait ! Que pouvait-elle bien avoir à lui dire ?... Extraordinaire ! Inexplicable !... »

Alors, un trouble la saisit ; et, avidement elle lut :

« Madame,

» Pardonnez-moi d'aborder dans cette lettre un sujet qui ne vous est que trop pénible et dont une jeune fille, d'après nos hypocrites conventions, ne saurait, d'ailleurs, s'occuper sans manquer aux règles de la soi-disant bienséance.

» Mais il y a des cas cependant où une jeune fille, tout esclave qu'elle soit de ces préjugés, serait, en gardant le silence, plus coupable qu'en se mêlant aux choses dont on prétend l'éloigner.

» Voilà pourquoi je me suis permis de sortir aujourd'hui de la réserve que les usages nous imposent. Encore une fois, pardon, j'ai crû agir pour le bien...

» Depuis quelque temps, madame, des gens malintentionnés répandent sur le compte de Monsieur votre fils les insinuations les plus perfides. L'exagération de ces propos malveillants en atténue, il est vrai, la portée près de tous les esprits impartiaux. Par malheur, ils ont trouvé quelque créance chez les chefs de M. Henry, entre autres chez M. le conservateur qui aurait déjà sévi sans l'intervention pressante de notre excellent cousin, M. Valeyrac, dont il est l'ami.

» Pour moi qui n'ai pas, d'ailleurs, à juger la conduite de Monsieur votre fils, je n'ajoute aucune foi à tous ces racontars.

» Et si j'y prêtais, au surplus, la moindre attention, ce serait pour excuser ces prétendus crimes, peut-être pour les couvrir d'éloges.

» Que celui-là dont la conscience est sans reproche lui jette, le premier, la pierre.

» Quoiqu'il arrive, vous resterez donc persuadée, je l'espère, que nous ferons tout au monde pour alléger vos tracas.

» Cette démarche de ma part va, sans doute, vous sembler incompréhensible, invraisemblable. Vous ne pourrez l'expliquer que par le grand désir que j'avais de vous assurer de ma sympathie en ces douloureuses circonstances. Car le temps et les événements n'ont rien changé à mes sentiments envers vous.

» Croyez, madame, à mon dévouement respectueux.

» LUCIENNE CHABRAN. »

Une demi-heure après avoir achevé cette lecture, Mme Dajincourt, son chapeau sur la tête et ses gants à la main, n'était pas encore revenue de sa surprise.

XI

Malgré la brutalité avec laquelle sa mère l'avait mise à la porte, c'avait été pour Angèle un gros chagrin de passer la soirée et la nuit en dehors de chez elle. Il lui semblait que c'était un acte d'émancipation dont rien ne pouvait excuser l'audace.

Aussi, dès le lendemain matin, poussée d'ailleurs par Henry qui ne voulait pas encore une rupture complète, elle s'était décidée, malgré ses craintes, à réintégrer le domicile maternel.

La vieille avait probablement fait, de son côté, de salutaires réflexions, car, en voyant rentrer la jeune fille, elle ne lui demanda ni où elle avait couché, ni pourquoi elle se permettait de reparaître dans cette maison d'où elle avait été chassée.

Angèle tremblait de peur. Néanmoins elle se mit tranquillement à vaquer aux soins du ménage comme si rien d'extraordinaire ne s'était passé.

Plusieurs semaines s'écoulèrent ainsi. Puis, un beau matin, à brûle-pourpoint, la mère demanda :

— Qui est le père de cet enfant ?

— Mais, maman, balbutia la pauvre petite, je croyais que tu savais... C'est .. c'est..., le garde général des forêts.

— Quoi ?... un garde !... un paysan ! alors ?

— Non, M. Dajincourt, le garde général qui est employé à la direction des forêts du département.

— Un bourgeois, en ce cas ? un monsieur ?

— Oui.

— Hé ! fallait donc le dire, petite sotte, s'écria joyeusement la mère ; je ne t'aurais pas grondée pour si peu.

Angèle saisit immédiatement toute la portée de cet aveu et sentit une nausée de dégoût lui monter aux lèvres.

Cependant, elle ne crut pas devoir protester et déjà elle se remettait à l'ouvrage, lorsqu'une voisine entra.

— Je ne peux pas venir à bout de monter mes rideaux. Toi qui te connais en couture, Angèle, tu serais bien aimable de me donner un coup de main.

— Bien volontiers, s'empressa de répondre la jeune fille en suivant la voisine.

Alors, celle-ci, dès qu'elles furent seules, tira de sa poche une lettre qu'elle tendit à Angèle.

— Tiens, souffla-t-elle, voilà pour toi... de la part du monsieur. L'histoire des rideaux n'était qu'un prétexte ; il fallait bien trouver un moyen. Lis vite, c'est pressé, paraît-il.

Pendant qu'elle la poussait dans sa chambre, pour que les locataires du même couloir ne vissent rien, la jeune fille lisait les deux lignes, tracées au crayon:

« Je vous attends chez moi ; il est nécessaire que je vous parle ce matin ; le plus tôt sera le mieux. Henry. »

Ces quelques mots pourtant bien naturels lui donnèrent un frisson de fièvre. Mais elle se ressaisit tout de suite, se prépara à la hâte et, quelques minutes après, elle était chez Henry.

Le jeune homme, l'air profondément affligé, était debout devant son secrétaire, en train de ranger des papiers.

— Ah! merci, ma bonne petite Angèle! fit-il en apercevant la jeune fille. J'ai voulu vous voir sans retard, car je viens d'apprendre une bien triste nouvelle: mon oncle Albert est mort cette nuit... Hier encore, se sentant plus malade, il m'écrivait de faire le voyage de Lunéville. Il désirait, disait-il, m'avoir près de lui à ses derniers moments. Son désir n'a pu être exaucé. Le télégramme, annonçant la fin, est arrivé en même temps que sa lettre... Pauvre oncle! je l'aimais bien: il était si bon pour moi!

Tout de suite, Angèle tendit les mains à son ami avec un généreux élan de tendresse compatissante. Le coup qui frappait Henry ne l'atteignait-il pas? Bien que, personnellement, elle ne pût pas pleurer le mort, à peine connu d'elle, la sympathie qui l'unissait à son amant était si vive que le spectacle de sa douleur lui fit monter des larmes dans les yeux.

— Tu ne te le rappelles pas, mon oncle? murmura le garde général.

« Si, si, elle se rappelait parfaitement ce monsieur décoré, qui était venu passer quinze jours au commencement de l'été, ce grand vieillard à la physionomie avenante et loyale, qu'elle avait rencontré deux ou trois fois se promenant sur les allées, au bras d'Henry...

» Mais, ce qu'elle avait surtout retenu de lui, c'était sa bonté, son indulgence. Il compatissait à leurs tracas, à leurs misères. Seul, il soutenait son neveu, il approuvait se conduite, il appuyait ses projets... C'était donc pour eux un grand malheur qu'il eût disparu. »

Lorsqu'ils eurent tous les deux, à tour de rôle,

évoqué les qualités du défunt, ils se turent, s'absorbèrent dans leur tristesse.

Pendant quelques minutes encore, Henry classa des papiers dans son secrétaire, puis tout à coup il dit :

— Me voilà riche, maintenant... je suis légataire universel de mon oncle ; une dizaine de mille francs de rente, comme il me l'avait dit...

Le visage de la jeune fille se couvrit d'une pâleur soudaine.

Elle regarda Henry d'un air consterné, puis cachant son front dans ses mains, elle fondit en larmes.

Le jeune homme était tombé à ses pieds :

— Angèle, ma chère petite amie, qu'y a-t-il ? Qu'ai-je dit pour te causer tant de chagrin ? Pardonne-moi, si c'est de ma faute... Voyons, ma chérie, je t'en prie, calme-toi, explique-moi...

Mais, plus il suppliait, plus Angèle sanglotait.

Alors, il écarta doucement ses mains, essuya ses pleurs avec des baisers, et, à force de bonnes paroles, de caresses, il finit par arracher aux lèvres de sa maîtresse cet aveu :

« Puisque vous êtes riche, vous pourrez sans doute vous marier comme vous le désiriez autrefois... »

— Me marier, moi ! Oui, certainement, ma chère enfant, je me marierai... non pas comme je le voulais jadis : mais comme je le désire actuellement... C'est vous qui serez ma femme. C'est même pour cette seule raison que j'accepte la fortune de mon oncle : pour renverser plus facilement les obstacles qui pourraient nous séparer.

— Oh ! non, s'écria la jeune fille, je ne veux pas que vous compromettiez pour moi votre repos, votre honneur.

— Mon honneur, Angèle, consiste à être votre mari.

— Vous pouvez faire maintenant un brillant mariage.

— Sans doute, bien des portes qui m'étaient fer-
mées jusqu'ici, s'ouvriraient devant moi, toutes grandes. Mais je n'aurais que du mépris pour ces avances
intéressées... Puisque l'argent est tout, j'emploierai,
moi, celui que Dieu m'envoie, à vous conquérir.

— Oh ! non, non, Henry ! supplia la jeune fille.

— Si, si, répliqua-t-il d'un ton affectueux mais
ferme... Faudra-t-il donc que je vous épouse de force,
vous aussi ?

Et comme elle n'osait plus rien dire, il reprit :

— Allons, il faut que nous nous séparions. J'ai besoin de me préparer pour partir cet après-midi.
Au revoir, ma chérie ! Dans une huitaine ! Je t'écrirai,
d'ailleurs, d'ici là.

Il l'embrassa tendrement. Mais, Angèle, tout en
lui rendant ses baisers, restait glacée par l'idée de ce
départ, comme si cette absence de huit jours dût briser quelque chose entre eux.

XII

Bien qu'ils ne fissent jamais la moindre allusion au
malentendu qui les torturait tous les deux, Mme Dajincourt et son fils que la même obsession tenaillait
sans cesse, en étaient arrivés à éprouver l'un pour
l'autre des sentiments de défiance et de sourde rancune qui ressemblaient fort à de l'hostilité.

Aussi, lorsque le jeune homme revint de Lunéville,
après avoir rendu les derniers devoirs à son oncle,
le premier mot qu'il échangea avec sa mère amena-
t-il un orage. Ils se reprochèrent réciproquement leur
aveuglement et leur entêtement. Et après quelques
minutes d'une discussion fort pénible, ils se séparé-

rent plus aigris que jamais, Henry décidé à pousser rapidement son mariage avec Angèle, la mère résolue à tout faire pour empêcher « cette folie ».

Le même jour, au sortir de son bureau, le garde général rencontra Valeyrac. Le vieux maniaque lui apprit que le cousin Chabran avait eu une grosse émotion en apprenant la mort soudaine de son ami Dajincourt.

« Il ne croyait pas, mon cher, que vous hériteriez aussi tôt. »

— Et, maintenant, interrompit Henry, il ne demanderait pas mieux que de me donner sa fille... C'est un peu tard, puisque je me marierai bientôt. A ce propos, j'attends de vous, dans cette circonstance, un service, celui de me procurer des témoins.

Valeyrac regardait le jeune homme d'un air ahuri.

— Vous rêvez, M. Dajincourt, dit-il... ou bien, c'est... que votre mère consent.

— Non, non, ma mère ne consent à rien, fit Henry en baissant la tête... Mais elle consentira, ajouta-t-il en se redressant fièrement... Au revoir, je vous quitte, on m'attend ; je compte sur vous, n'est-ce pas, c'est entendu ?

Et après avoir serré les mains de l'excellent vieillard, le garde général se dirigea rapidement vers son appartement du quai des Chartrons.

Angèle y était déjà, assise sur une chaise près de la fenêtre, à regarder distraitement les passants, très calme en apparence.

Mais ses yeux rougis attestaient qu'elle avait subi une crise douloureuse.

C'était ce jour-là qu'il avait été convenu qu'elle parlerait à sa mère de leurs projets de mariage.

Le jeune homme ne l'avait pas oublié. Tout de suite, il interrogea d'un ton anxieux :

— Eh bien, quel résultat ? Quelle réponse ?

La jeune fille fit un mouvement de tête affirmatif,

très énergiquement affirmatif, qui signifiait : « Oui, oui, ma mère consent à ce que je sois votre femme. Comment n'accepterait-elle pas avec empressement un si grand honneur ? »

Mais, cette réponse qui se devinait sur sa physionomie, elle n'osa pas la formuler ; elle n'osa pas rapporter leur entretien ; dire l'explosion de joie triomphale, de vanité grossière, d'ignoble cupidité, de basse convoitise par laquelle sa mère avait accueilli sa proposition.

Cela avait si vivement froissé ses délicatesses qu'elle en demeurait encore le rouge au front, la bouche close par un souvenir de dégoût.

Henry connaissait trop bien sa maîtresse pour ne pas lire sa pensée dans ses yeux ; il comprit par quel sentiment d'exquise pudeur elle gardait le silence.

Et attendri, reconnaissant, il lui prit les mains, les retint longtemps dans les siennes, les couvrant de baisers.

— Et vous ?... Votre mère ?... demanda-t-elle au bout d'un instant.

— Oh ! ma mère est toujours intraitable, soupira le jeune homme !

Ils baissèrent tous les deux la tête et demeurèrent longtemps silencieux, anéantis, brisés, comme s'ils allaient renoncer à une lutte qui devait leur attirer tant de tracas.

Puis, l'heure les sépara de nouveau...

Et tandis que le garde général s'acheminait tristement vers la rue du Palais-Gallien, Angèle resta à errer sur les quais, n'osant plus rentrer chez elle, hantée par des idées sombres, par une obsession violente d'en finir immédiatement avec tant d'épreuves...

XIII

Depuis dix minutes qu'il était dans le petit salon d'attente, attenant au cabinet du conservateur des forêts, Henry Dajincourt était obsédé par les mêmes réflexions :

« Pourquoi, sachant ce qui lui était réservé, était-il venu ? À quoi bon aigrir son chagrin par des remontrances ou des menaces ?... Peuh ! la force de l'habitude : il avait voulu, pour cette fois encore, obéir, par pure condescendance.

« Mais, après, ce serait fini, fini... Il en avait assez d'être tiraillé sans cesse entre des palinodies, des préjugés, des conventions hypocrites... Que diable, il était d'âge à se conduire seul. Désormais, il tenait à vivre tranquille, à sa guise !... »

La porte s'ouvrit, interrompant son soliloque.

La bonne figure du conservateur, encadrée par sa belle barbe grise, apparut calme, paternelle.

— Entrez, M. Dajincourt ; je vous demande pardon de vous avoir fait attendre.

Et, tout de suite, allant au fait :

— Voyons, je ne vais pas avec vous m'embarquer dans toutes sortes de précautions oratoires. Vous savez pourquoi je vous ai prié de venir me voir, n'est-ce pas ?

— Oui, Monsieur... Je crois savoir.

— Asseyez-vous, mon ami... Je ne suis pas un ogre, je vous parlerai sans détour, mais comme votre père le ferait... Certes, je comprends, j'excuse les entraînements du cœur ; j'admets même les liaisons — je suis large, vous voyez. — j'admets les liaisons du genre de la vôtre ; et je m'empresse de reconnaître, d'ailleurs, que votre manière d'agir dans cette malheureuse affaire fait honneur à votre délicatesse, à votre loyauté...

— Merci, Monsieur.

— Mais cependant, veuillez un peu vous mettre à ma place. Je suis ici pour veiller, en même temps qu'à la marche du service, à la tenue irréprochable des agents qui relèvent de mon autorité. Or, depuis quelque temps, vous vous êtes affranchi de certaines conventions sociales, auxquelles tous — je n'en discute pas le bien ou le mal fondé — nous devons nous conformer. Vous avez suscité autour de vous un scandale, oh ! pas bien gros, un de ces scandales qu'on pardonne facilement à votre âge, mais enfin un scandale que je ne puis laisser passer sans vous prier d'y mettre un terme.

— Comment faire, Monsieur, si les conventions sociales dont vous parlez ne sont pas en conformité avec les lois de l'honneur que tout galant homme se doit d'abord d'observer ?

— De plus, mon cher enfant, continua le conservateur sans relever l'objection, je crains que votre cœur ne vous illusionne autant sur vos réelles responsabilités que sur vos véritables intérêts. Oui, soyons francs, il me semble que vous vous exagérez la rigueur de vos engagements...

— Ce n'est pas mon opinion.

— Enfin, ne discutons pas. Quoiqu'il en soit, en persistant dans la voie où vous êtes entré, vous risquez de briser votre carrière.

— C'est un autre point de vue, Monsieur ; mais peu m'importe !

— J'en suis peiné pour vous, mon cher ami. Jusqu'ici, vous n'avez donné à vos chefs que des sujets de satisfaction ; vous avez été admis chez nous dans des conditions particulièrement brillantes, votre nom est entouré de la plus haute estime, car vous avez de qui tenir ; en un mot, tout annonce pour vous un

avenir exceptionnel. Eh bien, je le répète, j'ai peur
que vous ne compromettiez ces riantes perspectives
en vous entêtant dans cette aventure... Cette liaison,
c'est l'enlisement ; vous êtes perdu.

— Mais, il n'y a là, Monsieur, qu'une aventure absolument... banale, puisque j'épouse ma maîtresse.

— Oh ! voyons, dans les forêts, on ne se marie pas
ainsi... Vous, surtout, M. Dajincourt !

D'un geste impatient, le jeune homme affirma de
nouveau son intention bien arrêtée.

— Bon, j'admets que vous épousiez cette jeune fille,
poursuivit le conservateur. Croyez-vous que le scandale soulevé s'évanouira pour cela sans laisser de
trace ?... D'abord, il n'est pas fait, ce mariage ; et je
doute que vous ameniez facilement madame votre
mère à y consentir. Ce sera donc un nouveau scandale à greffer sur le premier : la série des actes respectueux, le spectacle lamentable d'une brouille de
famille. Ah ! mon cher enfant, comme il serait préférable et plus facile d'éviter tout cela ! Suivez mes
conseils, allez ; vous vous en trouverez bien.

Henry, eut un geste de profond abattement.

— Je ne puis pas, soupira-t-il, je ne puis pas faire
mieux.

— Sans doute, mon ami, vous êtes en règle avec
votre cœur ; et je sais bien que lorsque le cœur parle
avec passion, presque toujours il est plus fort que
tout ; j'aurais tort d'affirmer d'ailleurs, qu'il soit forcément mauvais conseiller... Néanmoins, dans la
circonstance, avouez franchement vous-même que ce
pauvre cœur meurtri n'est pas tout à fait d'accord
avec la raison... Là, calmez-vous ! Je vois déjà vos
grands gestes de protestation ou de découragement...
Il n'y a pas lieu de désespérer pour cela, mon cher...
Nous sommes tous faibles. Seuls, nous ne pouvons
rien. Si on nous aide, nous pouvons tout.

» Tenez ! voulez-vous que je vous dise ce qu'il vous

faudrait en ce moment? Ce serait un ami courageux qui vous soutiendrait dans le combat à livrer contre vous-même, qui vous écarterait tout doucement du danger, vous pousserait vers un autre but. Point de rupture immédiate ; je n'y songe pas, cela vous briserait. Mais, quelques distractions, d'amicales causeries où s'ébaucheraient d'autres projets, des absences, courtes d'abord, insensiblement plus prolongées... Je suis sûr que votre cœur irait mieux au bout de peu de temps.

» Vous voyez, je suis un médecin naïf, je vous dévoile les secrets de la médication applicable à votre cas, au risque d'en compromettre l'efficacité. Mais mon amitié m'aveugle, mon zèle m'emporte... Je serais si heureux de vous faire du bien !... Ah ! si vous vouliez que je sois pour vous cet ami dévoué, courageux dont je parlais ?.,.

Henry leva vers son chef un regard suppliant. Après être demeuré d'abord anéanti, frémissant devant cette prière si touchante, son cœur se révoltait dans un suprême effort, pour demander grâce :

— Je veux bien tout ce que vous voudrez, Monsieur, balbutia le jeune homme, mais plus tard, je vous en conjure. Plus tard, je viendrai moi-même vous dire: « Faites de moi ce qu'il vous plaira ! » Au besoin, je vous remettrai ma démission, si vous jugez que le scandale de ma conduite a trop gravement compromis la dignité du corps des forêts. Mais pour le moment, je vous en prie, laissez-moi conserver toute mon énergie pour le grand devoir qui va m'incomber.

» Que vous approuviez ou non mes actes, il y a un fait devant lequel tout doit s'incliner. Ma femme, ou du moins celle que je considère comme telle, est sur le point d'être mère.

« Vous avez une femme et des enfants, Monsieur; vous vous rappelez quels tourments vous ont accablé à la naissance de chacun de ces êtres si chers pour lesquels il n'est rien au monde que vous ne soyez prêt à sacrifier avec plaisir. Eh bien, quelles que soient les conditions, régulières ou non, dans lesquelles se présente pour moi cette première paternité, permettez-moi d'être tout entier à la grande joie ou à la grande douleur qui m'attend !

Il y eut un silence : le conservateur essayait de dominer le trouble qui l'envahissait, puis, vaincu, il se leva, les mains tendues vers celles du garde général, et d'une voix où tremblaient des larmes :

— Mon cher enfant, murmura-t-il, je n'ai plus de conseils à donner ni de remontrances à faire. Vous êtes un honnête homme et un homme de cœur. Plus tard, oui, plus tard, nous verrons à tout arranger si c'est possible. Pour l'instant, advienne que pourra. Je vous offrais mon amitié, vous l'avez avec mon admiration. Au revoir !

Et, pressés tous les deux d'échapper à un tête-à-tête où leur émotion n'aurait peut-être pas pu se contenir, ils se séparèrent, sans rien ajouter, après une cordiale étreinte.

Cependant, les semaines passaient ; et le temps, loin d'atténuer la tension des rapports entre Mme Dajincourt et son fils, ne faisait que compliquer la situation.

Dès le début et du jour où il avait été admis qu'une rupture entre Henry et Angèle était impossible, il y avait deux manières d'arriver à une solution : ou que Mme Dajincourt ratifiât la décision prise par son fils ; ou que celui-ci brusquant le dénouement, adressât à la vieille dame les sommations dites respectueuses.

Mais Henry, répugnant à employer la violence, avait reculé, reculé sans cesse devant les mesures extrêmes, se réservant d'y recourir lorsqu'il ne pourrait plus faire autrement, et convaincu d'ailleurs que sa mère, enfin touchée, lui en épargnerait l'ennui.

Il avait, de la sorte, retardé de jour en jour, de mois en mois, si bien que ce suprême expédient à cause de la longueur des délais, ne pouvait donner d'effet utile avant la naissance de l'enfant. Il faudrait donc se résigner à voir celui-ci naître « illégitime » à moins que Mme Dajincourt n'accordât auparavant son consentement.

Le garde général, pénétré de l'excellence de sa cause, crut qu'une dernière tentative dans ce sens près de sa mère serait couronnée de succès. Et il la fit.

Mal lui en prit. Il ne reçut qu'un refus catégorique, dans les termes les plus blessants. Puis, la vieille dame, après avoir lancé ses malédictions, déclara que pour n'être plus en butte à ces tiraillements qui la rendaient malade, elle allait partir et passerait quelque temps chez une de ses cousines à Saint-Nicolas-du-Port, près Nancy.

Et le lendemain elle prit le train pour Paris.

Dès qu'il se retrouva en face d'Angèle, le garde général n'eut pas la prudence de lui cacher le départ de sa mère et la cause de ce départ.

Ce fut le coup de grâce pour la malheureuse, qui, déjà épuisée par sa grossesse, impressionnable à l'excès, vivait dans un état de nervosité suraiguë.

En voyant à quel abîme de tribulations elle entraînait son trop généreux ami, elle éprouva une si violente commotion qu'elle s'évanouit. Lorsqu'elle eut repris ses sens, une fièvre intense se déclara qui ne fit que s'accroître d'heure en heure. Henry la coucha sans qu'elle opposât la moindre résistance : les forces lui manquaient. Puis, il écrivit à la hâte quelques lignes pour le médecin et descendit chercher un commissionnaire afin de faire porter immédiatement la lettre à destination.

Le médecin qu'appelait le garde général était un de ses anciens camarades de collège, installé depuis peu à Bordeaux. Praticien de la jeune école, tout frais débarqué de la Faculté de Paris après dix ans d'études sérieuses, il passait pour « bien connaître son affaire ».

Comme il était prévenu depuis plusieurs semaines qu'on aurait incessamment besoin de son ministère, il accourut aussitôt qu'il eut reçu le petit mot de son ami.

Il examina soigneusement la jeune femme; mais sur des symptômes pas encore suffisamment précis, il ne put formuler un diagnostic complet, définitif. Il se contenta de quelques assertions vagues, de quelques phrases consolantes, concluant à l'éternelle banalité : « que ce ne serait rien. »

Toutefois, loin des oreilles de la malade, pendant qu'Henry le reconduisait jusqu'au bas de l'escalier, il fut plus catégorique :

— Tu sais, pas de blague, ça peut être grave... Dans la situation actuelle, tout peut devenir grave... Vous n'attendiez que pour octobre?

— Oui, ça faisait encore près de trois semaines.

— Parfaitement, mais les secousses violentes peuvent provoquer un accouchement prématuré; et c'est aussi désagréable pour la mère que pour l'enfant. Allons, du courage! Ce ne sera peut-être rien, mais il faut veiller... A demain... Je reviendrai demain matin : ce sera fini, sans doute.

Il revint, le jeune docteur, mais non pas le lendemain, la nuit même, rappelé par Henry affolé.

Et cette fois, il fallut laisser de côté les vaines formules, les vagues diagnostics pour montrer du tact, de la science et de l'habileté.

Le jeune docteur fit honneur à sa réputation.

A huit heures du matin, Henry Dajincourt avait une petite fille qu'on installa tant bien que mal dans une barcelonnette improvisée ; quant à la mère, elle allait passablement.

Ce dénouement était tellement inattendu, les événements s'étaient précipités avec tant de rapidité que le garde général éreinté, hébété par une nuit passée debout, dans de mortelles angoisses, se demandait si tout cela était bien réel, s'il veillait ou s'il rêvait.

...Angèle avait voulu qu'on mît le berceau près de son lit, afin que de la main, sans bouger, elle pût toucher son enfant. Mais bientôt l'épuisement, la lassitude l'emportèrent ; elle s'endormit.

Le médecin revint quelques instants après et réveilla la jeune femme, ne voulant pas qu'elle se laissât aller à ce mouvement de nonchalance. Puis il consulta le pouls, parut satisfait, et sortit en promettant de repasser dans la soirée.

Quand ils furent seuls, Angèle fit signe à Henry d'approcher, et, tout bas, murmura :

— Tu n'as pas pensé aux formalités ?

C'était la première fois qu'elle employait le *tu*.

Il hocha la tête.

— Ma foi, non ; il y a le temps.

— Ah ! fit-elle.

Et après un silence elle continua :

— Cependant, il faudrait savoir, s'entendre pour le nom...

— Mais, dit Henry, je ne puis faire autrement que de déclarer l'enfant sous ton nom et de la reconnaître ensuite.

La jeune mère rougit et ferma les yeux.

— Non, reprit-elle, après une minute, tu ne m'as pas comprise. J'ai voulu dire : quel prénom donnerons-nous à la chère petite ?

— Dame, je ne sais trop, nous n'avons pas réfléchi à cela, nous voilà pris au dépourvu.

Elle l'interrompit et l'attirant bien près d'elle :

— Si tu voulais, soupira-t-elle, nous l'appellerions... Lucienne.

Henry eut un haut-le-corps et eut besoin de quelques secondes pour se remettre de sa surprise ; puis, d'un signe de tête, il fit comprendre à Angèle que son désir serait exaucé.

Quelques minutes plus tard, la mère Mazérat, qu'on s'était décidé à aller chercher en voiture, arriva. Le garde général n'était pas sans inquiétude sur cette entrevue ; il craignait que les anciennes colères ne se réveillassent et qu'une scène n'éclatât.

Il en fut pour la peur. La vieille femme fit bonne mine à tout le monde, surtout au bébé. Et Henry, rassuré, convaincu que la présence seule de la fillette suffirait à maintenir la bonne harmonie entre la fille et la mère, profita de l'occasion pour sortir et s'occuper des formalités dont il voulait seul assumer la charge.

Lorsqu'il eut satisfait aux prescriptions de la loi, il se dirigea vers le télégraphe. L'idée lui était venue, tout d'un coup, de prévenir sa mère par dépêche.

Réflexion faite, il s'arrêta à un autre moyen. Il rentra chez lui, rue du Palais-Gallien, et écrivit à Mme Dajincourt une longue lettre. Il n'essaya pas de légitimer sa conduite en plaidant les circonstances atténuantes. Non ; s'avouant vaincu par les événements, s'humiliant, il demandait pardon pour Angèle et lui, et, par dessus tout, pitié pour leur enfant. On ne pouvait pas faire à l'innocente créature un crime de sa naissance ; devant elle, les discordes, les préventions devaient disparaître ; la pauvre petite avait droit, avant tout, à l'indulgence et à l'affection de tous...

« Le cœur d'une mère, pensait le jeune homme, ne résiste pas à de telles prières, à de tels arguments. »

Soulagé par cet aveu, heureux d'avoir eu le cou-

Léon Roze

rage de faire cette démarche dont il espérait les meilleurs résultats, le garde général reprit gaiement le chemin des Chartrons.

Hélas ! quelle triste surprise l'attendait dans sa garçonnière.

Le médecin était là, examinant la jeune accouchée, et il semblait désorienté par les symptômes graves, inattendus, qui déroutaient ses prévisions.

Devant elle, néanmoins, il ne laissa pas voir tout son désappointement. Il chercha même, vers la fin de sa visite, à détruire l'effet qu'avait pu produire sur la jeune femme un premier mouvement d'inquiétude dont il n'avait pas été maître. Il affecta de l'insouciance, parla de prompt rétablissement, s'extasia encore sur la beauté et la force de la fillette « une enfant superbe », éloge qui donne tant de joie et de courage aux jeunes mères.

Mais, en se retirant, il fit signe à Henry de le suivre.

Alors, une fois dehors, il s'arrêta, regarda son ami en face, et, après une courte hésitation :

— A toi, dit-il, je dois la vérité, n'est-ce pas ?

— L'état d'Angèle serait-il alarmant ? demanda vivement le garde général.

— Oui, très alarmant... si alarmant que je ne réponds de rien.

« Jusqu'à présent tout marchait à peu près. Mais voici que cette maudite fièvre, anodine encore ce matin, a pris tout à coup une intensité incompréhensible, effrayante. Si je ne parviens pas à l'enrayer d'ici demain, ce sera grave, très grave.

« On a vu des cas de ce genre devenir des cas d'infection purulente dont les effets sont foudroyants. Bien entendu, il ne faut pas, dès maintenant, mettre les choses au pire, mais il est bon de tout prévoir... J'ai cru préférable de te faire connaître la situation exacte... Tu ne m'en veux pas ?

— Pas du tout, dit Henry en serrant d'un air hébété la main de son ami.

— Veille bien à l'exécution scrupuleuse de l'ordonnance, ajouta ce dernier en s'éloignant. Je reviendrai demain matin, peut-être cette nuit.

Mais le garde général, déjà, n'entendait plus. Il remontait l'escalier la tête basse, le regard éteint, désorienté :

« Ah! mon Dieu, mon Dieu, si Angèle allait lui être enlevée, maintenant!... Non, non, ce n'était pas possible... Dieu ne pouvait, ne devait pas faire cela... Priver de sa maman cette pauvre petite créature! Mais c'eût été une iniquité, une monstruosité... Dieu est juste... Angèle vivrait. »

Alors, il rentra dans la chambre et, fort de sa conviction, il s'assit près de la malade, très calme, mais avec un certain air de fierté énergique, comme pour bien affirmer sa résolution inébranlable de disputer à la mort sa proie, jusqu'à... la victoire.

XIV

. . . .

Les supplications d'Henry, les efforts de la science, le dévouement de l'amitié, tout a été inutile. Angèle a été emportée en trois jours par une fièvre infectieuse.

Elle, non plus, la pauvre petite, ne voulait pas mourir, se cramponnait à la vie, se refusait à quitter son enfant... Mais le mal inflexible a poursuivi son chemin : on n'a rien pu contre lui.

Et, maintenant, dans cette même chambre où quatre jours auparavant un être s'éveillait à la vie, le corps glacé de la jeune mère repose dans une attitude d'ineffable paix, le visage comme éclairé par un reflet de bonheur — le bonheur de la délivrance de toutes les humaines douleurs.

Dans l'obscurité des volets clos, sur la table de nuit que recouvre une serviette, deux bougies brûlent à côté de la branche de buis qui baigne dans un bol d'eau bénite.

Au pied du lit s'incline, avec de silencieux mouvements d'aile, la cornette blanche d'une fille de Saint-Vincent-de-Paul, et, avec les mouvements d'aile, monte un imperceptible souffle de prières.

Assise, non loin de là, dans un fauteuil, la mère Mazerat égrène un chapelet.

Au dehors le soleil flambe, le grand soleil d'été, immobilisant, sous sa torpeur lourde, l'habituel grouillement du port.

Pas un bruit, pas un murmure : tout semble endormi, écrasé.

Et le grand silence de la chambre mortuaire n'est troublé que de loin en loin par les vagissements de la petite Lucienne qui s'agite, dans la pièce voisine, aux bras de la nourrice qu'on est allé en toute hâte lui chercher.

Les heures ont coulé lentes, désolées. Puis les lugubres employés des pompes funèbres sont venus. La jeune morte a été placée dans la bière de chêne capitonnée de satin vieil or, et le couvercle refermé, vissé sur elle.

Henry, qui a voulu être là jusqu'au bout, assister à tout, s'éloigne cette fois pour échapper à l'horreur de ce dernier spectacle. Il s'est enfui, à côté, près du berceau de sa fille ; et tandis qu'il sanglote, un ami, un seul, est là pour le consoler : Valeyrac.

Le docteur ne peut pas se dédoubler, il est à ses visites, à ses malades ; et justement on est venu le chercher à l'instant pour un accident.

C'est donc Valeyrac qui assume tous les rôles, qui pleure avec son jeune ami, qui le réconforte, et qui en même temps veille à tout pour lui épargner la corvée des détails fastidieux et navrants, dont il n'eût pas été, d'ailleurs, capable de s'occuper.

Le cercueil est prêt. Un vicaire de Saint-Louis arrive avec la croix et deux enfants de chœur pour procéder à la levée du corps.

Il est cinq heures du soir : on a choisi ce moment pour éviter la trop grande chaleur.

Le cortège s'est mis en marche. Au premier rang derrière le corbillard le garde général et son vieil ami ; après, les trois petites sœurs de la morte accompagnées de cinq ou six femmes du quartier qui n'ont pas voulu laisser partir cette « jeunesse » sans lui faire un bout de conduite.

Et c'est désolant, ce modeste petit groupe qui s'avance sous la grande lumière crue du soleil radieux, salué par tous. ici, d'un signe de croix dévotieux, là d'un coup de chapeau, ailleurs d'un geste de compassion, d'un soupir de pitié.

On s'arrête : c'est l'église Saint-Louis. Après le soleil cuisant, une sensation de fraîcheur vous saisit sous l'ombre des voûtes.

Agenouillé près du catafalque, Henry s'abîme d'abord dans son chagrin, et semble insensible à tout le reste, aux cérémonies qui se déroulent, aux prières qu'on psalmodie, monotones, tristes.

Puis, il se relève... Il regarde autour de lui : c'est le silence, le vide. En tout, dix personnes à peine, éparpillées de ci de là.

Mais, tout à coup, un frisson le secoue. Ses yeux en parcourant la nef, ont rencontré derrière un pilier une élégante silhouette de femme en vêtements de deuil, dont le visage se dissimule sous une voilette épaisse.

« Grand Dieu ! Rêve-t-il !... Mais non, il ne se trompe pas... C'est bien... Lucienne ! »

Alors, il retombe à genoux sur son prie-Dieu, la tête dans ses mains, moins malheureux, semble-t-il.

« Pauvre Lucienne ! Elle a pensé à moi... Elle est meilleure que je ne croyais... Merci, Lucienne, de ce témoignage de sympathie, merci de tout cœur ! »

La cérémonie s'achève, l'absoute est donnée.

Les porteurs sont venus reprendre le cercueil et l'ont replacé sur le corbillard.

Et plus vite, maintenant, le cortège encore diminué s'achemine vers le cimetière.

Dans un coin, à l'écart, de la terre fraîchement remuée : c'est là. On s'approche. La bière est poussée sur les traverses de bois, puis glisse lentement sur les cordes tendues, disparaît, touche le fond avec un bruit sourd... C'est le moment déchirant... Jusqu'ici, il semble que la séparation n'est pas définitive... Ce choc au fond de ce trou, qui va se refermer pour toujours, marque l'instant solennel, irrévocable.

On lance quelques gouttes d'eau bénite ; les premières pelletées de terre tombent avec un bruit sinistre...

Cette fois tout est fini.

Valeyrac entraîne son ami dont la poitrine est soulevée par de gros sanglots. Et tandis que les fillettes rentrent en voiture chez leur mère, le garde général redescend, au bras du vieillard, vers les quais.

Bien qu'il soit brisé, le malheureux a préféré faire la route à pied pour se secouer, pour réagir.

Enfin, ils arrivent. Henry passe le premier, gravit l'escalier, pousse la porte ; mais un éblouissement le cloue, chancelant, sur le seuil.

Il vient de voir sa mère assise sur un fauteuil et tenant sur ses genoux la petite Lucienne, qui s'est endormie entre ses bras.

. . . .

Ce fut une minute d'indicible angoisse ; puis deux cris se croisèrent :

— Maman !

— Mon pauvre enfant !

Le garde général était tombé aux genoux de Mme Dajincourt, et pendant un instant, la mère, le jeune homme et le bébé se trouvèrent confondus, unis dans une même étreinte.

XV

. . . .

Un mois s'est écoulé. Henry n'oublie pas : la blessure sera longue à se cicatriser.

Cependant, s'il est une consolation qu'il ait jamais rêvée comme la plus douce, la plus propre à calmer son chagrin, c'est bien d'avoir près de lui sa mère, sa bonne mère disposée au pardon, à l'indulgence, à la tendresse.

Or, cette consolation, il l'a. Et comme Mme Dajincourt considère qu'elle a une grande part de responsabilité dans ce qui est arrivé, elle a fait généreusement litière de ses préjugés, de ses antipathies et poussé le sacrifice jusqu'au bout : elle a, sans hésitation, installé chez elle la nourrice et le bébé.

« On dira ce que l'on voudra ! Tant pis ! » répète-t-elle.

Et, certes, on ne se fait pas faute d'en dire : les bavardages vont leur train.

Valeyrac, dont son dévouement lors de la mort d'Angèle a fait un familier de la maison, en aurait long à raconter s'il voulait rapporter tout ce qui affecte péniblement ses oreilles à ce sujet.

Mais à quoi bon tourmenter ses bons amis ?

Leur part d'affliction est assez grande déjà. Et tous les jours, au contraire, le doux et serviable maniaque apparaît rue du Palais-Gallien pour tâcher de distraire les pauvres affligés.

Un après-midi, il ne vint pas seul.

— Je vous amène une visite, dit-il en s'avançant le premier et comme s'il eût besoin de s'excuser.

En même temps, il s'effaça pour laisser passer Mlle Chabran.

Il y eut un instant d'incertitude, d'embarras.

Enfin, Mme Dajincourt se domina :

— Bonjour, ma chère Lucienne, fit-elle, vous êtes bien gentille de venir me voir... Depuis mon retour, je n'ai guère pu sortir et tout le monde me délaisse.

— C'est une raison de plus pour que vos vrais amis viennent vous voir, répondit la jeune fille.

— Ah ! vous êtes bonne, vous, ma chère enfant, soupira la vieille dame... Ce n'est pas d'aujourd'hui, d'ailleurs, que j'ai le plaisir de le constater, ajouta-t-elle avec un sourire significatif. Vous êtes indulgente pour les fautes des autres, charitable à toutes les misères.

Mlle Chabran se troubla. Alors Mme Dajincourt détourna la conversation, et Valeyrac venant à son aide, on parla de choses insignifiantes, non sans que, de loin en loin, une allusion involontaire aux récents événements vînt se glisser dans l'entretien.

La glace était rompue.

Lucienne revint d'abord au bout d'une semaine, puis deux ou trois fois à trois ou quatre jours d'intervalle, bientôt plus souvent encore. Et, chaque fois, Mme Dajincourt montrait à la jeune fille une plus vive gratitude pour la courageuse indépendance dont elle donnait la preuve.

Car, évidemment, pour agir ainsi, la pauvre enfant devait ou recourir à tout un échafaudage de mensonges, afin de tromper la surveillance de sa mère, ou peut-être, chose plus grave, livrer contre sa famille et ses préjugés, de véritables et pénibles combats. De toutes façons, son mérite était indiscutable.

Lucienne, de son côté, paraissait trouver beaucoup de charme à ces visites. Et toujours empressée, affectueuse, elle s'ingéniait à laisser à ses amis l'impression de calme, de repos, de bonheur qu'elle éprouvait elle-même parmi eux.

Elle semblait surtout ressentir une joie très douce à tenir souvent dans ses bras la petite fillette, à la couvrir de caresses, à la bercer pour l'endormir. Et elle avait, pour cela, des précautions si délicates, de si tendres câlineries que la vieille dame et le père principalement en demeuraient tout émus, tout pénétrés d'infinie reconnaissance.

Un jour que Mlle Chabran se trouvait seule avec Henry, elle osa demander, un peu à la cantonade, comme si elle se fût adressée à la petite fille qu'elle avait sur ses genoux :

— Qui donc a eu l'idée de donner à ma chérie le nom de Lucienne ?

Le garde général fut tellement saisi par cette question inattendue, qu'il eut de la peine à murmurer :

— C'est Angèle !

— Ah !... pourquoi ? Vous ne savez pas ?

Il hocha la tête sans oser répondre ni lever les yeux.

Alors Mlle Chabran, après une minute de recueillement, poursuivit :

— Monsieur Henry, vous ne m'en voudrez pas, si je vous rappelle de si cruels souvenirs ?

— Non, je connais trop bien la générosité de vos intentions.

— Oh !... Eh bien, me permettrez-vous de revenir sur le passé, et d'être franche, très franche ?

— Allez, fit-il les yeux fermés et sans pouvoir réprimer un frisson.

La jeune fille dut attendre quelques secondes que les palpitations désordonnées de son cœur se fussent calmées ; puis elle reprit :

— La mère de votre enfant vous aimait profondément, n'est-ce pas, puisqu'elle n'a pas hésité, elle, à tout sacrifier pour vous rendre heureux ?

Léon Ro.

— Je le pense, soupira Henry.

— Malheureusement, Dieu n'a pas permis qu'elle donnât à ses intentions une réalité durable.

— Si elle avait vécu, j'aurais, autant que possible, allégé son sacrifice.

— En l'épousant ? Oui, vous auriez bien fait, car c'était la meilleure manière d'assurer la solidité de votre bonheur.

« Malheureusement, vous l'avez dit, le temps vous a manqué... Ah ! c'est atroce de remuer ces souvenirs, atroce pour vous comme pour moi. Cependant il faut que j'aille jusqu'au bout... Écoutez-moi... Comprenez-vous, Henry, que c'est ma faute si tout cela est arrivé ?

— Votre faute ! répéta-t-il effaré.

— Sans doute. Si, autrefois, je n'avais pas, sous un injuste prétexte, repoussé votre affection, auriez-vous cherché ailleurs, dans un autre cœur, un refuge ?... Si, à ce moment-là, mon manque de courage, de vains préjugés n'eussent pas étouffé chez moi les sentiments vrais qui étaient au fond de mon cœur, je serais probablement devenue votre femme ; c'est moi qui serais la mère de cette chère mignonne... Je serais morte, peut-être... Mais vous n'auriez rien à me reprocher.

— Je ne vous reproche rien, murmura le jeune homme avec une nuance d'amertume.

— Si, mon ami, vous devez même me mépriser... Certes, je n'ai pas la vanité de prétendre que l'affection, dont vous a entouré votre bonne Angèle, ne valait pas celle que vous perdiez. Je prétends même le contraire... Angèle était meilleure que moi puisque, entre son honneur et son amour, elle n'a pas eu d'hésitation... A moi, pourtant, vous demandiez bien moins ; vous n'exigiez pas le sacrifice de mon honneur, vous ne demandiez qu'un peu d'énergie... Angèle, je le répète, était donc plus digne de vous que je ne le suis, et vous auriez été heureux avec elle... Mais enfin, aujourd'hui, hélas ! je dois me placer devant le fait accompli...

Une larme perla à la paupière du jeune homme.

Lucienne, après s'être recueillie quelques secondes continua :

— Si vous vouliez, Henry... puisque c'est moi qui ai fait tout le mal, je le réparerais... Je serais la maman de votre petite Lucienne, je vous aiderais à l'élever, à en faire une bonne et honnête fille... Dites... si vous vouliez !...

Pendant un instant le garde général très ému ne put parler. Enfin, tendant la main à la jeune fille :

— Non, répondit-il avec un visible effort, je ne puis pas accepter de votre part un pareil sacrifice... Ma conduite vient de provoquer un scandale dont le retentissement n'est pas encore calmé. Incessamment, je vais recevoir ma nomination pour quelque village perdu à cent lieues d'ici, où je devrai, diront les rapports officiels « aller cacher mon déshonneur... » Je ne puis pas, je ne veux pas vous faire partager ma vie dans ces conditions.

— Peu m'importe ! A Bordeaux ou ailleurs, je suis prête à accepter ma part de toutes les méchancetés dont on vous abreuvera, parce que vous vous êtes conduit en homme de cœur. Je considérerai tous ces ennuis comme une épreuve, et je la supporterai, à vos côtés, avec plaisir, en punition de mon orgueil.

— Non, Lucienne, vous le regretteriez plus tard. Si vous ne me le reprochiez pas, ce dont je suis persuadé, car vous avez l'âme trop haute, vous en souffririez. J'ai plus d'expérience de la vie que vous, mon devoir est de vous mettre en garde contre les entraînements de votre générosité.

— Je vous jure... mon ami... que... si vous vouliez...

— D'ailleurs, interrompit Henry, l'opposition de votre famille, qui nous a séparés jadis, subsiste ; que dis-je ? elle serait mille fois plus vive maintenant.

— Tant pis, je la briserai... Ou bien j'obtiendrai le consentement de mes parents, ou bien je passerai outre... Je suis majeure, vous me l'avez dit autrefois.

Le jeune homme secoua la tête.

— J'avais tort, dans ce temps-là, de vous pousser à la révolte ; on n'y gagne rien, je l'ai vu depuis... Avez-vous pensé à l'affreux scandale si vous vous révoltiez contre la volonté de vos parents ?... Oh ! non, non, je ne veux pas compromettre votre bonheur, sacrifier votre avenir...

— Ah ! vous ne m'aimez plus, Henry, vous ne m'aimez plus, s'écria Lucienne, la voix toute pleine de larmes... Hélas ! je n'ai pas le droit de me plaindre... J'ai mérité tous les châtiments.

Le garde général était à bout de forces... Ce cri, cet appel suppliant réveillaient dans son esprit des souvenirs si poignants qu'il se sentait faiblir.

Il se leva pour échapper à l'obsession, à l'angoisse qui le faisait défaillir.

Lucienne, tenant le bébé dans ses bras, n'osa pas bouger, mais toute son énergie se concentra dans une suprême adjuration :

— Henry, je vous en prie, je vous en conjure, si vous ne faites pas cela pour moi, faites-le pour votre enfant !

Le jeune homme retomba, brisé, sur sa chaise ; puis, de la chaise, ses genoux glissèrent jusqu'à terre : il était aux pieds de Mlle Chabran :

— Ah ! Lucienne, murmura-t-il vaincu, Lucienne, votre dévouement l'emporte... J'accepte votre sacrifice... Puisse-t-il ne pas vous paraître trop lourd, plus tard !

Et leurs mains s'unirent dans une longue étreinte de silencieuse reconnaissance pendant que la petite Lucienne achevait de s'assoupir sur les genoux de celle qui s'offrait à lui servir de maman.

. . . .

Le père et la mère Chabran, de guerre lasse, ont fini par consentir à l'union de Lucienne et d'Henry ; à une condition, cependant, c'est que le mariage aurait lieu loin de Bordeaux : en gens prudents, ils n'ont pas osé braver l'opinion ouvertement.

De son côté, la jeune fille, prise d'un scrupule, a mis une autre condition. Henry, repoussé jadis à cause de son manque de fortune, est presque riche maintenant. On pourrait supposer que ce changement de position est la raison de son revirement. C'est ce qu'elle n'a pas voulu, à tout prix. Car le moindre soupçon de ce genre empoisonnerait le bonheur qu'elle rêve. Aussi a-t-elle exigé que son fiancé disposât d'une grande partie au moins de sa fortune en faveur de quelques bonnes œuvres.

Henry a, pour ainsi dire, prévenu ce désir et l'a satisfait à peine formulé. Il a fait don à la mère Mazerat d'une somme représentant cinq mille francs de rente, afin que la pauvre femme pût se soigner, élever convenablement ses fillettes, et s'assurer une vieillesse tranquille, à l'abri du besoin.

De la sorte, tout le monde est content, surtout la mère Mazerat qui trouve que, dans le fond, les bourgeois ont du bon.

La disgrâce dont on menaçait le garde général n'a pas été bien terrible. On l'a envoyé se dépayser à Montpellier, que son climat recommande comme une villégiature agréable. Franchement, il aurait mauvaise grâce à se plaindre.

Aussitôt après la célébration du mariage, le jeune ménage est allé s'installer dans cette nouvelle résidence. Mme Dajincourt les accompagne. Quant à Valeyrac, il ira souvent les voir, car il a renoncé à faire fortune et n'aspire plus qu'à jouir du repos en partageant son temps entre ses vieux parents dont il n'oublie pas les bontés et la nouvelle famille qu'il a quelque peu — il en est fier — contribué à fonder.

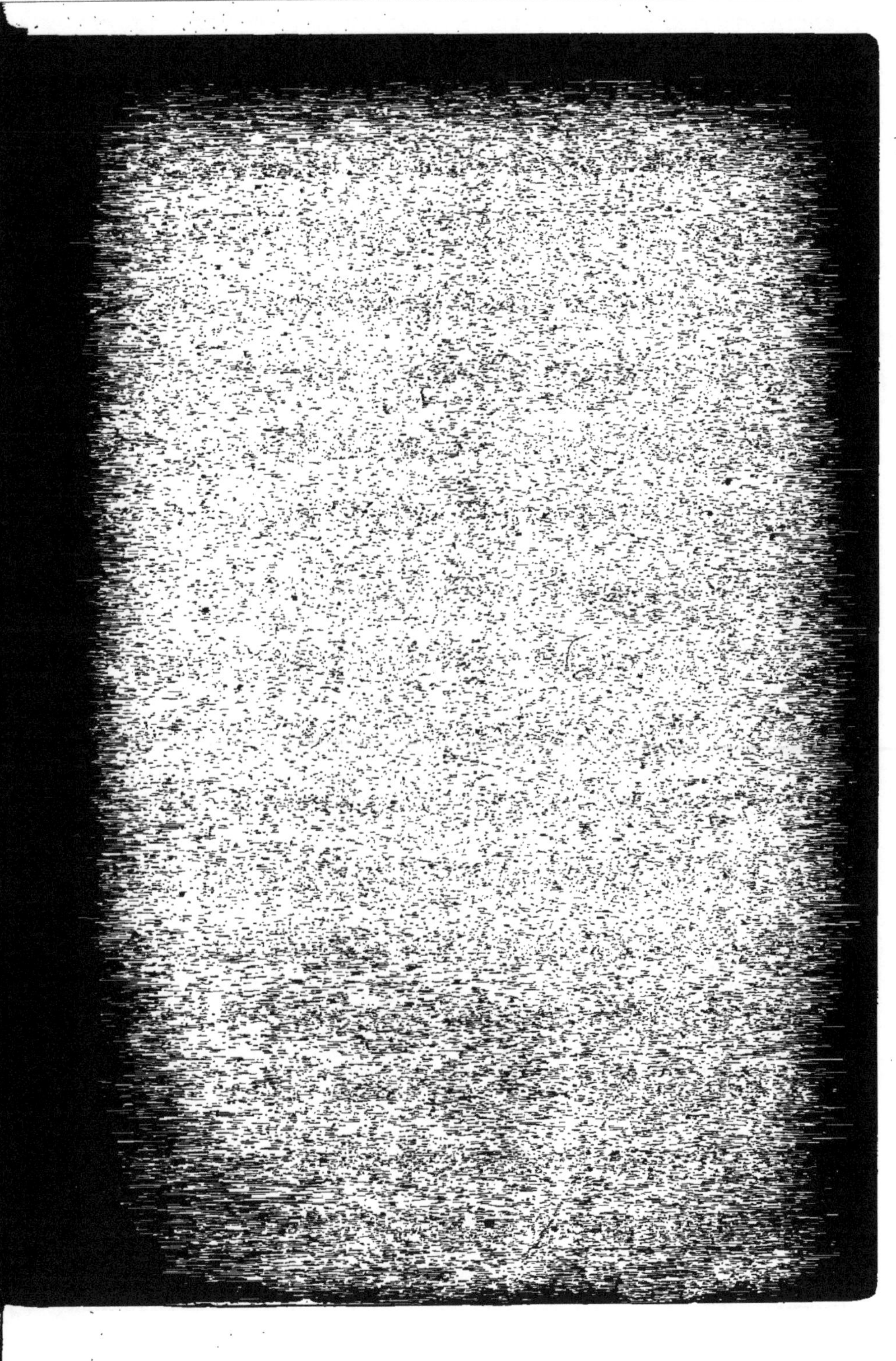

Petite Collection E. Bernard

à 0 fr. 60 le volume pour la France ; à 0 fr. 75 le volume pour l'Étranger

Cette Collection comprendra 100 volumes.

Courbevoie. — Imprimerie E. Bernard.